BERENICE ET JONATHAN

L'IMPROBABLE AMOUR

IMAGE DE COUVERTURE : ISTOCK

CHARLES MORSAC

BERENICE ET JONATHAN
L'IMPROBABLE AMOUR

©2019 Charles MORSAC

Editeur : BoD – Books on Demand

12/14 rond point des Champs-Elysées

75008 PARIS France

Impression : BoD – Books on Demand

NORDERSTEDT Allemagne

ISBN / 9782322090990

Dépôt légal : Juin 2019

AVERTISSEMENT

Les personnages et l'histoire ne sont dus qu'à l'imagination de l'auteur et ne se rapportent à aucun événement connu et toutes ressemblances avec des personnes ou des faits ne pourraient être que pures coïncidences.

L'entreprise des THEVONIN, florissante, se trouve être l'un des fleurons industriels les plus prolifiques de la région. Son chiffre d'affaire affiche cette année une courbe exponentielle que rien ne pourrait, semble-t-il, enrayer. Bien implantée dans le secteur en plein essor de la sous-traitance aéronautique, son implantation est bien assurée et son carnet de commande bien rempli lui assure la pérennité.

Antoine THEVONIN, installé maintenant dans le fauteuil du dirigeant qu'occupait il y a peu encore son père, n'entend pas se satisfaire des résultats acquis. En une année de temps, il a rajeuni son staff rapproché, l'a restructuré sans négliger d'entamer aussitôt sa prise de fonction actée, tous les changements nécessaires à la poursuite de la réussite de son entreprise. Car outre le challenge qu'il s'est fixé de faire aussi bien, sinon mieux que ses prédécesseurs, il y ajoute celui de préparer pour plus tard son fils Jonathan aujourd'hui âgé de quinze ans à sa succession. Mais pour atteindre son but, il va devoir faire preuve de vigilance afin de la protéger de l'appétit de certains de ses concurrents. Cela ne l'inquiète guère, il sait le faire.

Pour mener à bien son ambition, son discours, simple et direct est porté à la connaissance de tous, emportant même l'adhésion de la majorité. Pour faire simple, il s'aperçoit que le monde de l'industrie évolue sans cesse et qu'il va bien falloir poursuivre les efforts de modernisation de la société, au risque certain que l'inaction ne vienne scléroser le beau dynamisme enclenché et de la voir disparaître. Et cela, est tout simplement inenvisageable.

Au cours d'une de ses premières réunions de travail, il avait été très clair :

— Messieurs, je vais devoir être très explicite, vous connaissez les enjeux et les défis qui se présentent à nous. Nous réussissons, nous survivons, nous échouons et nous disparaissons et vos emplois avec. C'est aussi simple que cela. Cette hypothèse n'est absolument pas inscrite dans mon esprit. Maintenant, chacun d'entre vous sait ce que j'attends de lui pour faire face à la menace à laquelle nous sommes confrontés. Vous adhérez à ce projet, mettez-vous au travail immédiatement, vous n'y souscrivez pas je ne vous retiens pas.

Il est comme cela Antoine, le patron c'est lui et lui seul qui décide. Paradoxalement, son autorité n'est pas remise en cause. Il est même plutôt bien apprécié. La porte de son bureau est ouverte à tous, quelque soit son emploi ou son statut. Et on le voit souvent circuler dans les services ou les ateliers, serrant des mains, écoutant les doléances auxquelles il se fait un devoir de répondre, soit dans l'instant, soit ultérieurement selon la complexité de la demande.

De retour à son domicile après une longue journée, il endosse le costume de chef de famille, tout aussi directif auprès des siens qu'il peut l'être à son bureau.

Le dialogue avec son épouse est ouvert, son fils, lui, ne parlera que si on l'y invite, ce qui reste rare. D'ailleurs son avenir est déjà tout tracé. Après des études qui devront et seront forcément brillantes, il intègrera l'entreprise familiale, et le moment venu, le remplacera à la tête de ce qui sera devenu un empire familial. Pour être certain que son message passe bien, il lui précise ce jour là, que le temps des vacances scolaires passées en compagnie de ses grands-parents est révolu et qu'il allait laisser la place à celui de sa rencontre avec le monde du travail. Il termine son exposé en affirmant que sa mère est complètement d'accord avec lui. Marine, la maman, opine d'un signe de tête, bien qu'elle ne vienne que seulement de l'apprendre.

Quant au jeune homme, cette annonce lui convient à merveille. En effet cette sempiternelle tradition des vacances familiales commençait à lui peser. Non par désamour de ses grands-parents, bien sûr, mais bien à cause de la monotonie de l'emploi du temps qui ne variait plus depuis plusieurs années. Il va enfin pouvoir se confronter au monde du travail, découvrir un nouvel univers, rencontrer des gens avec qui il pourra échanger, discuter, sans que son âge ne l'astreigne à seulement écouter et approuver d'un hochement de tête. Il a bien des contacts extérieurs, notamment ses copains de classes avec qui cependant les échanges restent très limités. Et il y a aussi Bérénice. Avec elle, c'est autre chose.

Bérénice Docart est la fille des meilleurs amis de sa famille. Elle est du même âge que lui et il la considère comme la sœur qu'il n'a pas et croit savoir que pour elle, il en va de même. Somme toute, Bérénice, en plus de ce rôle, cumule aussi ceux de complice, copine de jeux, confidente et amie.

De la famille Docart, il connaît presque tout, il sait que l'amitié qui lie leur famille remonte a deux générations et que dans les veines de ces gens là coule du sang bleu, provenant dit-on d'une aïeule issue d'une grande famille de la noblesse française. Et quand son père parle des Docart, le discours s'écrit en lettres majuscules.

Que les Thevonin invitent les Docart, et c'est tout un cérémonial qui se met obligatoirement en place, accompagné des sempiternelles recommandations d'usage qui rappellent toutes les règles de bienséance dues au rang des visiteurs et qu'il faudra, le moment venu, respecter à la lettre. Et pour l'occasion, la vaisselle d'apparat et l'argenterie sont utilisées. Et pendant que les adultes deviseront entre eux, ma foi, les adolescents pourront se retrouver. Ils ont toujours des choses nouvelles à se dire. Et justement ils doivent se rencontrer en cette fin de semaine, et Jonathan sait exactement ce qu'il veut apprendre à Bérénice de sa nouvelle vie.

Ce week-end là, ce sont les Docart qui reçoivent et la jeune fille s'amuse de voir l'effervescence qui règne dans la maison. Paule, la cuisinière qui tout à l'heure assurera le service à table, s'active dans la cuisine depuis quelques heures tout en recevant les consignes de la maîtresse de maison qui tient par dessus tout à ce que cette journée se déroule sans encombre. Tout à l'heure, Jeanne-Madeleine, sa mère, quittera l'office, passera dans la salle à manger, vérifiera une fois de plus l'excellent ordonnancement des couverts, le bon positionnement des assiettes qui doivent être toutes orientées de la même façon. Le moindre petit écart pourrait la plonger dans un état de crispation tel qu'elle rectifiera aussitôt l'erreur et reprendra son inspection à son début. Satisfaite enfin de celle-ci, elle sortira de la pièce pour enfin aller s'apprêter.

Jusque là .impassible, c'est son père qui entrera en action. En fait, il se tiendra debout devant la fenêtre de son bureau. Il fixera durant l'heure à venir la grille de la propriété située à environ deux cents mètres, tenant dans sa main droite la télécommande qui permettra tout à l'heure son ouverture au moment même où le véhicule de ses convives se présentera face à elle. Il n'hésitera pas à en manœuvrer plusieurs fois de suite le dispositif pour en vérifier le bon fonctionnement. L'impensable pour lui serait que le véhicule entrant ne soit obligé de ralentir ou même, pire encore de devoir s'arrêter. Cela équivaudrait à une insulte faite à ses invités, il devrait s'en excuser et sa journée s'en verrait gâchée.

Bérénice elle, imagine que tout se passera au mieux, comme d'habitude et que la tension ambiante redescendra aussi vite qu'elle était montée.

Sa seule préoccupation pour elle, à cet instant, vient de cette pendule dont les aiguilles ne tournent pas assez vite à son goût. Car elle a hâte de se retrouver seule auprès de Jonathan à qui elle va devoir avouer un certain secret qui pourrait bien porter atteinte à l'indéfectible amitié qu'ils se portent. Elle redoute ce moment auquel elle sait qu'il lui est impossible d'échapper. Mais en même temps, elle a hâte d'y être. Elle ne sait comment son ami réagira à cette nouvelle qu'il apprendra, et c'est bien cela qui la tourmente depuis plusieurs jours.

Pour donner raison à Bérénice, la première partie du programme se déroule sans qu'aucun incident notoire ne vienne perturber le début de cette visite. L'horloge sonne le dixième des douze coups de midi quand la voiture apparaît là-bas au bout du chemin et que la grille s'efface sans encombre pour lui laisser le passage. S'en suit alors tout le cérémonial habituel de bienvenue, l'hôte ouvrant la portière de la passagère, lui propose son aide pour sortir de la voiture, lui délivre le baisemain et la conduit vers la maîtresse de maison qui attend sur le perron. Après seulement il donnera le salut à son ami d'une chaleureuse poignée de main et tous se rendront alors dans le salon pour prendre l'apéritif, avant le repas. Tous ? Non, les jeunes gens eux vont avoir droit à leur quartier libre, ce temps béni auquel ils aspirent tant. Ils vont pouvoir commencer à échanger librement sans pour autant, dans un premier temps, aborder les choses importantes qu'ils ont à se dire car ce moment, ils le savent, leur est compté, l'heure du repas approchant. Et pendant celui-ci, un silence religieux leur sera imposé. Seuls les adultes auront la parole. En même temps, ils doivent bien se l'avouer, cette règle aujourd'hui les arrange fortement, surtout Bérénice d'ailleurs, car si ses révélations risquent de déranger Jonathan, elle n'ose imaginer l'effet qu'elles pourraient avoir sur ses parents.

Le déjeuner durera un peu plus d'une heure, suite à quoi les adultes se rendront sur le parcours de golf pour une revanche que les Docart espèrent bien prendre sur leurs invités qui les avaient battus la dernière fois. Quant aux deux adolescents, ils sont bien assez grands pour se surveiller mutuellement.

Et effectivement, après quelques recommandations, Jonathan et Bérénice se retrouvent enfin entre eux et pour au moins deux heures. Une vraie chance. Et Jonathan se lance :

– Tu ne devineras jamais ce que mon père imagine pour moi. Figure-toi que mes prochaines vacances scolaires se passeront à ses côtés. Il a décidé de me préparer à mes futures responsabilités et pour ce faire, il va me faire découvrir son entreprise qu'il destine à devenir mienne plus tard. Si j'ai bien compris, je vais circuler dans tous les services, découvrir le personnel qui la compose, les méthodes de travail. Je vais être astreint aux mêmes horaires que ses employés. J'ai hâte, tu sais. Et j'y vois deux avantages. D'abord, ces temps de vacances avec mes grands-parents commençaient à me peser et puis surtout, nous pourrons nous voir plus souvent, je ne serai plus aussi éloigné qu'avant. Mais tu dois avoir, toi aussi des choses à me dire aussi, alors je t'écoute.

– Tout d'abord je suis bien contente pour toi, satisfaite que ce rythme de vie te convienne. Mais je pense que mes révélations ne vont pas forcément te donner envie de me voir plus souvent, je crains même que ce que je vais t'apprendre t'éloigne un peu de moi. C'est très grave, ce que ce que je veux te dire et je comprendrai ta réaction si elle était négative.

– Tu divagues, non, quoi que tu me dises rien ne changera entre nous.

– Attend d'abord que je te dise ce dont il s'agit, et tu décideras après. Depuis quelque temps, je m'interroge sur ma sexualité. Etant petite fille, bien que je ne t'en aie jamais parlé, je pensais que j'allais tomber amoureuse de toi.

– Oui et maintenant ?

– A vrai dire, je ne pense plus maintenant que cela soit encore d'actualité. Je ne sais pas comment je vais le formuler, c'est gênant, tu n'y es pour rien.

– Dis le moi, tu es tombée amoureuse d'un autre garçon ? Je me trompe ? Je ne vois pas en quoi cela pourrait changer nos relations.

– Perdu, tant pis, je te dis tout, ce n'est pas d'un garçon, mais d'une fille qu'il s'agit, Chloé qu'elle s'appelle. Il y a quelque temps qu'on se lance des regards, s'adresse des clins d'œil et la semaine dernière, nous étions en train de peindre et je me suis lancée. Je devais savoir. Nous étions seules. J'ai laissé tomber mon pinceau, je me suis penchée pour le ramasser, je m'appuie sur son genou pour me relever, je me redresse donc mais laisse ma main sur son genou, juste en la remontant un peu plus. Elle s'en saisit mais pas pour l'enlever. Je ne t'en dis pas plus, la suite, tu peux la deviner.

– Bon d'accord, tu as certainement autre chose de plus grave à me dire parce que jusque là, je ne vois pas ce qui pourrait nous amener à nous fâcher. Tu préfères les filles, et alors, tu es comme cela, tu n'y peux rien. Je te remercie au contraire de la confiance que tu m'accordes. Tu restes ma copine d'enfance, mon amie, ma confidente et ce n'est pas, comment tu l'appelles déjà, Chloé, qui va changer cela. Mais juste une question. Tu me parles de cette fille mais as-tu déjà eu une relation avec un garçon ? Réponds-moi franchement.

– Non mais je ne tiens pas à aborder cette question avec toi maintenant.

– Pourquoi ?

– Parce que.

– Bon, c'est ton choix et je le respecte, bien que ta réponse me gêne. Tu commences à me parler, puis tu ne veux plus rien ajouter, alors que moi, je reste dans l'attente.

– Allons, passons à autre chose.

Cette discussion laisse un goût d'inachevé à Jonathan. La réponse de Bérénice, ce ''parce que'' l'intrigue, surtout qu'elle tranche avec l'aveu direct qu'elle venait de lui faire.

Bérénice quant à elle s'en veut un peu d'avoir tout dit à Jonathan et craint maintenant que, malgré ses dires, il soit quelque peu perturbé par cette révélation. Et puis la volonté de sa part d'aller plus avant dans cette discussion l'a mise mal à l'aise. Elle ne comprend pas pourquoi. Peut-être faudra-t-il qu'ils en reparlent plus tard. Mais il faut avant qu'elle trouve la réponse.

Et puis, l'air de rien, cet entretien a duré plus longtemps qu'ils ne se l'imaginent car les adultes font leur retour. Et à voir la mine déconfite de son père, Bérénice ne pense pas avoir à demander en faveur de qui le jeu a tourné.

Ils se reverront plus tard, d'ici deux ou trois semaines et ils auront certainement d'autres sujets à aborder à ce moment là.

Jonathan aura commencé son tour du propriétaire, fait des rencontres et elle préfère imaginer que le sujet abordé aujourd'hui aura perdu de sa nouveauté et de son importance.

Quant à lui, bien au contraire, il reste perplexe quant au dénouement de cette conversation et il entend bien y revenir, et dès leur prochaine rencontre.

En ce lendemain de confidences et en route pour sa nouvelle expérience, celle de la vie professionnelle, Jonathan reste toujours aussi perplexe. Bérénice lui avait paru très claire sur l'instant, mais elle s'était empressée de brouiller le message aussitôt celui-ci délivré. Pourquoi ? Depuis hier, il retourne cette question dans sa tête sans pouvoir y apporter une réponse cohérente. Le mieux pense-t-il, pour aujourd'hui, est de mettre cela de coté et de se concentrer sur la mission qui lui est assignée. Et, là encore, nouvelles interrogations, car comme à son habitude, son père a pris sa décision, en a fait part à son entourage, mais sans pourtant l'expliciter. Sans doute aurait-il été préférable de demander des explications à ce moment précis, mais il avait craint la possible réaction véhémente de son interlocuteur. Aussi lui faudra-t-il donc emmagasiner toutes les informations qui lui seront délivrées au dernier moment,

Le trajet du domicile vers l'usine et les bureaux, en voiture, n'a pas duré plus de dix minutes, mais dans un silence total. Il suit son père, se retrouve dans son bureau, ne sachant quelle posture prendre et surtout en conservant le silence qui jusqu'à présent lui a servi de rempart.

— Assieds-toi, Jonathan, je vais t'expliquer la manière dont vont se dérouler tes passages parmi nous. Tu dois bien te douter que ta découverte, pour être fructueuse et bénéfique ne se fera pas en quinze jours. J'ai déjà planifié tout cela et tu le découvriras dans ce petit mémo que j'ai fait confectionner à ton attention. Tu vas en prendre connaissance tout de suite et on en reparle après si besoin. Il était inutile que je t'en parle avant, je ne suis pas sûr que tu y aurais prêté toute l'attention qu'il fallait. Des questions ?

– Non, pas pour l'instant, après peut-être.

Installé dans un coin du bureau, à l'autre bout de la pièce pour être plus précis, il prend connaissance de ce fameux mémo paternel. Première surprise : Il pensait faire le tour de l'entreprise pendant ces quinze premiers jours de vacances et se rend vite compte de son erreur. Cette découverte va s'étaler sur toutes les vacances scolaires de cette année. Deuxième surprise: A aucun moment, il ne pourra se prévaloir du titre de fils du patron ni en attendre aucun privilège. Il devra respecter le personnel et participer aux travaux qu'on lui demandera d'exécuter sans état d'âme.

A la lecture de ce document, il aurait bien aimé faire quelques remarques, mais une fois de plus, il n'en fera rien, ce qui lui évitera d'entrer en conflit avec son père.

Le calendrier prévoit pour ce premier acte qu'il soit reçu sur un des sites stratégiques de l'entreprise dont l'activité consiste d'une part à réceptionner les matières premières et d'autre part à expédier les produits finis. Pour terminer cette séquence, la dernière semaine, il intégrera l'important atelier de production. Plus tard viendra le tour du service logistique avant de terminer par les services administratifs et, en toute fin, approcher le staff de la direction.

Il ne s'attendait pas à ce régime, mais doit admettre, somme toute, que le plan, malgré sa dureté apparente, est cohérent et qu'il lui sera bien profitable dans l'avenir. Il est interrompu dans sa réflexion par son père qui l'interpelle :

— Jonathan, as-tu terminé ? Tu n'as pas toute la journée tu sais. As-tu des questions ?
— Non père, tout est clair, bien que je ne m'attendais pas à un programme aussi chargé.
— C'est le prix à payer, mon garçon, et tu m'en remercieras plus tard. Allez, on y va.

Cette première semaine ne fût pas spécialement de tout repos, mais cependant riche d'enseignements et le petit calepin qu'il détenait sur lui montra vite ses limites, tant l'entreprise telle qu'il l'imaginait se dévoilait, de son point de vue, déficitaire sur bien des points. Mais il se gardera bien de faire remonter ses observations, sauf si on le lui demandait, ce dont il doutait. Mais pour lui, plus tard, toute cette expérience l'aidera à asseoir son autorité.

Quant au personnel, alors qu'il s'attendait à recevoir un accueil distant, et se voir cantonné dans les tâches les plus ingrates, il s'était vu au contraire complètement immerger dans l'équipe, participer aux diverses tâches tout comme aux séances de rigolade bien nécessaire pour évacuer les moments difficiles.

Et la deuxième semaine, dans un tout autre domaine, celui de la production, se révèlera de la même trempe, aussi riche et constructive que la précédente avec cependant plus de monde autour de lui.

Quinze jours après une immersion riche donc d'une mine d'enseignements, le week-end arrive, dimanche, ses parents reçoivent les Docart et il pourra raconter sa toute nouvelle expérience à son amie et s'il trouve l'ouverture, il reviendra sur le sujet qui le chagrine tant.

Ce dimanche, nous y sommes et c'est un Jonathan tout sourire qui s'élance pour accueillir Bérénice, au mépris de toutes convenances et au grand dam de son père qui n'en montre rien mais saura s'en souvenir le moment venu.

Le repas lui semble durer une éternité, tant le désir de se retrouver en tête à tête avec son amie lui tarde. L'emploi du temps, il l'a concocté. Le temps pluvieux va confiner les adultes devant l'échiquier, et ce, dans un silence absolu.

Eux deux vont s'affronter dans cette salle de jeux au cours d'une partie de badminton dont l'issue reste incertaine, tant les deux joueurs se valent. Il veut gagner cette partie et Bérénice ne veut pas la perdre. Et une heure plus tard, il doit reconnaître que cette fois-ci, c'est elle qui a su se montrer la plus performante. En signe de défaite, et c'est la règle établie, le perdant doit s'acquitter de deux bisous sur les joues du vainqueur. Ce n'est pas la première fois qu'il perd face à elle, mais aujourd'hui, les bisous sont très vite expédiés, presqu'à contre cœur, ce qu'elle ne manque pas de lui faire remarquer, le traitant même au passage de mauvais perdant.

– Non, ce n'est pas du tout de cela qu'il s'agit, j'ai perdu, ce n'est pas la mort. Je viens juste de passer quinze jours éprouvants dans l'usine de papa et je suis un peu exténué. C'est tout.

– Non Jonathan, ce n'est pas tout, il y a autre chose. Tout à l'heure lorsque nous sommes arrivés, je t'ai vu venir en courant à notre rencontre, de toute évidence satisfait de me voir. Mais j'ai aussi ressenti, parce que je te connais bien, comme une certaine retenue et

— Rien de tout cela

— Arrête ce jeu là avec moi, tu veux bien, il y a un problème, alors nous allons devoir en causer. Je crois deviner qu'il s'agit de notre dernière conversation. Sans doute n'aurai-je pas dû te dire la vérité, ou du moins pas sous cette forme là.

— Mais non, ce n'est pas cela.

— Bien sûr que si, le problème est là, j'aime cette fille, que tu le veuilles ou non et je n'y peux rien. Que je sache, on ne s'est jamais promis autre chose que de l'amitié tout les deux, je me trompe ? J'ai même crû comprendre d'ailleurs que je ne suis pas ton type de fille et je n'en prends pas ombrage.

— L'amour que tu portes à une autre fille n'est pas le problème, mais c'est plutôt le discours que tu m'as tenu à la fin qui ne cesse de m'interpeler. Je n'en comprends ni le sens, ni l'ambigüité et cela me trotte dans la tête depuis.

— Bien, alors tout est très simple, arrête de tout compliquer, accepte la situation telle qu'elle se présente maintenant et surtout, cesse de chercher des réponses là où aucune question n'est posée. Je t'en prie Jonathan, je tiens trop à notre amitié, pour ne pas en dire plus et que nous en restions là. Je viens de gagner une partie et je ne reçois en cadeau de victoire qu'un semblant de trophée. Alors, s'il te plaît, j'attends ma récompense, la vraie, pas le simulacre de tout à l'heure.

Elle tend les joues et reçoit, intentionnellement ou par mégarde, ses bisous attendus aux commissures des lèvres.

– Dis donc Jonathan, es-tu sûr que l'ambigüité vienne de moi ? Je ne saisis pas bien.
– C'est très simple, tu es pour moi plus qu'une amie mais pas tout à fait la femme que j'aime. Ces bisous sont justes l'entre deux.
– Que veux-tu dire par pas tout à fait la femme que j'aime ?
– Tu sais bien que pour moi, tu es pratiquement la sœur que je n'ai pas, et que ton orientation rend impossible tout rapprochement plus intime. Et pour…
– Je pense qu'il vaut mieux que l'on en reste là, le terrain devenant, comment puis-dire, dangereux, tu ne trouves pas ?
– D'accord, d'autant qu'il ne nous mène nulle part, n'apporte aucun élément nouveau, et que nous allons devoir nous en contenter.
– Bon, on se fait le dernier bisou du jour, comme toute suite, j'aime bien, et puis, tu as raison, c'est entre les deux.

Il a gagné, Jonathan, pour la simplification et la bonne compréhension des choses, il lui faudra attendre.

Pour sa part, Bérénice passe de la certitude au doute. Que veut vraiment Jonathan ? Et elle-même, peut elle nier que ce baiser l'a touchée. Ce qui est sûr c'est qu'il la renvoie à ses pensées les plus secrètes.

C'est tout sourire que les deux jeunes rejoignent les adultes, ne laissant rien paraître du trouble qui les habite. Mais ils savent, l'un comme l'autre que ce jour marque la rupture entre le monde de l'enfance qui ne reviendra pas et la vraie vie qui s'ouvre à eux et pourrait même marquer la fin d'une belle aventure. Ce baiser tout à l'heure n'était-il pas déjà celui d'un adieu ?

C'est dans cet état d'esprit que le jeune Jonathan reprend le lendemain matin le chemin de ses études. Il n'en ressent ni l'envie ni la nécessité, même s'il en comprend le sens. Chacun sa vie se console-t-il, Bérénice avec Chloé, dans la galerie d'art qu'elles rêvent de créer ensemble et lui, à la tête de la plus grande entreprise de la région avec peut-être une femme et un ou plusieurs enfants, bien loin des jeux insouciants qui hier encore animaient leurs après-midi de rencontre. A quel monde va-t-il devoir se confronter dans quelques semaines, quand le temps des vacances sera revenu ? Quelles nouvelles aventures son père lui aura-t-il concoctées ?

Se doute-t-il que quelques kilomètres plus loin, Bérénice se trouve exactement à l'unisson de ses pensées. Elle aussi ressent les effets de cette adolescence qui vient maintenant bousculer ses certitudes d'enfant. Elle aimerait bien revenir en arrière, ne serait-ce que vingt quatre heures plus tôt, ne pas lui parler à nouveau de Chloé. Après tout, cela ne le regardait pas et surtout, il n'avait rien demandé. Mais même sans cela, le temps qui passe est lui-même porteur de tous les ingrédients qui mènent les hommes et les femmes vers leur destinée et peuvent amener les meilleures amitiés du monde à se dissoudre dans les méandres de la vie qui passe. Elle refuse cette idée qui chemine dans sa tête sans pour autant réussir à trouver le moyen d'éviter d'en arriver à une telle extrémité. Car elle souhaite par-dessus tout sauvegarder cette relation privilégiée avec Jonathan. Il faudra qu'ils en reparlent la prochaine fois, mais ne sera-t-il pas déjà trop tard ? Cette seule pensée lui amène les larmes aux yeux. Il est grand temps maintenant de se ressaisir. Elle ne peut pas arrêter le temps qui passe, alors se décide-t-elle à vivre l'instant présent et la suite se chargera bien de lui apprendre la suite. Cette dernière pensée la ramène à la réalité du moment, sans pour autant la rassurer.

Les semaines ont passé, le mal-être s'est quelque peu dissipé. Presque deux mois que Jonathan n'a pas revu Bérénice. C'est une sensation bizarre qui l'habite. Celle de l'ambivalence entre la réalité de la vie et la représentation qu'il s'en faisait. Il savait qu'un jour Bérénice ferait sa vie de son côté, lui du sien, mais sans pour autant se perdre de vue. Ces deux mois passés lui paraissent une éternité. Une telle période sans se voir s'est déjà présentée dans le passé mais aujourd'hui, avec cette crise qui point, cette adolescence qui bouleverse tout sur son passage, y compris ses certitudes, il ne sait plus vraiment où il en est. Il aimerait s'ouvrir de son désarroi auprès d'adultes qui ont dû, en leur temps vivre les mêmes affres. Mais vers qui se tourner ? Ses grands-parents ? Ils ont certainement oublié. Ses parents ? Entre sa mère qui s'empresserait de le renvoyer vers son père qui ne manquerait pas de lui demander, à coup sûr, s'il en avait parlé à sa mère, il n'avancerait pas. Et il ne lui resterait plus qu'à en parler à Bérénice qui, de toute évidence doit se trouver dans le même état que lui. Soudain, tout devient clair dans son esprit. Les générations précédentes ont rencontré le même problème et tout le monde s'en est sorti, d'une façon ou d'une autre, alors, pourquoi pas eux ? Surtout, garder cet état d'esprit, regarder droit devant soi, derrière, c'est le passé, devant c'est l'avenir, oui, c'est cela, mais pas sans Bérénice dans son périmètre.

Il avait secrètement espéré qu'à la fin de cette session scolaire, ils seraient invités chez les Docart, mais le téléphone est resté muet. Rien. Et si Bérénice avait tout dit à ses parents, que ceux-ci avaient décidé de mettre fin à ces invitations régulières, qu'il ne la reverrait plus. Non il y a forcément une autre explication, mais il sait aussi qu'il n'en saura rien. Il s'isole, Jonathan, il ne veut voir personne. Il passe ce week-end, seul dans sa chambre, seul face à son pire cauchemar, ne plus revoir Bérénice.

Heureusement, demain marquera pour la seconde fois le retour à la vie professionnelle, les rencontres et il à hâte. Il va pouvoir oublier tous ses soucis et puis peut-être que les jours qui viennent le rapprocheront-ils de ce qu'il désire le plus en ce moment.

Le lendemain matin, fini le jean, le tee-shirt. C'est habillé en homme d'affaire, chemise cravate, veste assortie qu'il s'admire dans la glace. Le fou rire le guette, mais il se retient. Il y a fort à parier que son père apprécierait peu cette irrévérence faite à la fonction. Et sur ce, direction le bureau, le trajet effectué dans le même silence que la première fois. Par contre, à peine arrivé, le temps des recommandations recommence. Ce sont évidemment les mêmes que la fois précédente, avec en plus, peut-être le rappel aux règles de vie qui régissent ces services. Ceci édicté, il l'informe qu'il va devoir se familiariser au plus vite avec ce département chargé de la logistique qui se trouve au point de croisement de toutes les activités de la société. Et sur ce, il décroche son téléphone et convoque son chef de service Adrien Laplace pour lui confier son fils.

Compte tenu du peu de temps qui s'écoule entre cet appel et l'arrivée du dit Adrien, Jonathan en conclut qu'il ne va pas travailler loin de son père, à moins que ce monsieur courre très vite. Cette idée lui arrache un petit sourire qu'il efface très vite suite à la réprimande que lui adresse son père.

— Entrez Adrien, je vous présente Jonathan, mon fils que je vais vous confier afin que vous lui présentiez votre service, ses attributions et la place importante qu'il tient au sein de l'entreprise. A la fin de ce stage, il devra tout en savoir. Pendant sa présence parmi vous, je vous rappelle qu'il ne devra bénéficier d'aucun privilège. Je veux qu'il soit, en sortant de cette immersion, en mesure de remplacer n'importe lequel de vos employés. Vous me suivez bien ? Ce jeune homme rejoindra bientôt, je l'espère le staff de l'entreprise et me succèdera à sa tête, le moment venu. Vous avez des questions ?

– Tout me paraît clair. Cependant, l'étendue des compétences liées à la logistique me laisse à penser que seulement quelques jours pour découvrir et assimiler toutes les règles nécessaires me paraissent un peu justes.

– Sans aucun doute avez-vous raison mais je ne peux pas vous en promettre plus. Monsieur Thévonin, si vous voulez bien suivre monsieur Laplace.

Sans un mot Jonathan s'empresse d'emboîter le pas au directeur de service. Il profite de ce moment pour relever deux contradictions dans le discours de son père. Il demande à ce pauvre Laplace d'oublier qui il accueille dans son service pour lui rappeler dans la foulée la destinée prévue pour son visiteur. En résumé, il lui dit accueillez le comme un employé mais n'oubliez jamais que, dans quelques années, il sera votre patron. En lui-même, il pense que l'Adrien, en ce moment, doit penser qu'il est assis sur un siège éjectable, qu'il va se faire éjecter, et que la seule inconnue de l'équation est : qui va appuyer sur le bouton ? Le père maintenant ou le fils plus tard ?

– Excusez-moi monsieur, me permettez-vous une question ?

– Plus tard, si vous le voulez bien, pour le moment nous allons-nous concentrer sur l'essentiel et faire la connaissance de ce service, tant du côté matériel que sur l'aspect humain.

Et jonathan va devoir se résigner à subir deux bonnes heures de présentation, d'explications des tâches et surtout du rôle très important qui place ce département au centre même de l'édifice, comme qui dirait la clé de voûte de l'entreprise.

Le jeune homme aimerait lui faire remarquer que sans les autres services, le sien ne servirait à rien, mais il s'en garde bien. Et puis, l'heure du déjeuner arrive, il est midi. Le responsable lui signifie la fin de l'entretien tout en lui donnant rendez-vous à treize heures.

Heureusement, il connaît bien l'entreprise et il peut rejoindre le réfectoire sans encombre, car ce brave Laplace l'a laissé là sans explication. Il va profiter de ce moment pour aller saluer ses connaissances datant de sa dernière visite. Il remarque dès son arrivée que certains ont disparu alors que de nouvelles têtes ont fait leur apparition. L'ambiance de ce réfectoire n'a pas changé. Toujours aussi sympathique que bruyant. Tout en se restaurant et devisant, il laisse son regard survoler l'endroit. Presque toutes les tables sont occupées, certaines entièrement par un groupe, d'autres partagées par plusieurs personnes qui n'entretiennent manifestement aucune relation entre elles. Pourquoi cette fille blonde, là-bas attablée seule, attire son attention, il n'en a aucune idée. Elle aurait pu trouver une place sur une table et cohabiter avec d'autres. Bizarre. Mais ce n'est pas mon problème pense-t-il.

Il doit être un tout petit peu plus de treize heures lorsqu'il se présente au bureau d'Adrien Laplace qui lui fait immédiatement remarquer, d'un ton martial, son retard, deux minutes exactement, précise-t-il. Jonathan se fait la promesse que cela ne se reproduira plus et qu'il saura s'en souvenir.

Deux minutes plus tard, celle que son supérieur à appelée Mademoiselle Duval au téléphone, frappe à la porte et fait son entrée.

Tient, la jeune fille blonde du réfectoire, toute seule là-bas à table à un nom. Il va pouvoir en savoir plus.

— Mademoiselle Duval, Permettez-moi de vous présenter Jonathan qui va passer deux semaines avec nous. Vous serez chargée de lui faire découvrir l'étendue de votre poste ainsi que les relations que vous entretenez avec le reste du service et de l'entreprise. Monsieur Thévonin, si vous voulez bien suivre Mademoiselle Duval. Pour moi c'est terminé.

Sans un mot de plus, les voilà dehors, descendent un étage et se retrouvent dans une minuscule pièce de moins de dix mètres carrés et bien encombrée. La pauvre jeune fille éprouve quelques difficultés pour installer la chaise de bureau sur laquelle Jonathan va pouvoir s'installer. Une pensée lui traverse l'esprit et une forte envie de rire lui arrive. Il se retient difficilement mais ne peut empêcher un léger sourire ;

— Excusez-moi, je me prénomme Sydonie, vous vous souvenez, mais ai-je fait ou dit quelque chose qui mérite ce sarcasme si j'en crois ce sourire.

- Non, vous n'y êtes pour rien. Je vous explique. Depuis ce matin, je circule de bureau en bureau, d'abord celui de mon, enfin je veux dire

- Dites le, de votre père, tout le monde ici est au courant et ce n'est pas une honte.

- Oui, vous avez raison, et sur tous les points. Donc, je reprends, ce matin, je suis dans un bureau qui ressemble plus à un deux pièces cuisine qu'à un bureau, puis je passe dans celui de votre chef plus petit mais tout de même bien confortable et enfin j'arrive ici dans ce qui pourrait être une grande cabine téléphonique. Alors oui, j'avoue j'ai eu cette réaction. Vous n'y êtes absolument pour rien et je veux bien m'excuser.

- Ne vous excusez pas, comme vous dites, l'incident est clos. Mon installation ici est provisoire. Mon bureau est en réfection et les travaux qui y sont réalisés l'ont rendu dangereux et incompatible avec ma présence et on m'a donc installée ici. Mais je suis d'accord avec vous, c'est un peu exigu.

Le reste de l'après-midi va être consacré à la présentation de Jonathan à l'équipe, à la méthodologie qu'elle entend appliquer. Jonathan prend ses notes.

Plus elle parle, plus il trouve sa voix mélodieuse. Le silence qui parfois, entre deux phrases, envahit la pièce l'indispose. Mais Sydonie ne sait pas parler et rester assise face à son invité. Non, il faut qu'elle manipule ses dossiers, les classe, en sort d'autres et à chaque fois, elle passe et repasse derrière Jonathan et ses frôlements et mains appuyées sur son épaule, en passant, finissent très vite par déclencher chez le jeune homme une réaction qu'il aurait bien aimé avoir en d'autres lieux. Dès demain, il faudra qu'il se trouve une autre place pour éviter de se retrouver continuellement dans le passage. Sage précaution, sauf que là, et c'est le détail qui change tout, il n'y a pas ailleurs où se mettre. S'il lui parle de ce problème, il risque de la mettre dans l'embarras. Pour aujourd'hui, il faut qu'il se détache de son environnement, Dans quinze minutes, c'est la fin du travail, il ira se détendre sous une douche, chez lui, en espérant que, au moment de saluer sa nouvelle collègue, rien ne vienne trahir son trouble.

Après la douche, tout va pour le mieux, sauf que dans les quelques minutes qui suivent, les souvenirs de cet après-midi lui reviennent à l'esprit. Et avec eux cette sensation nouvelle d'un besoin qu'il découvrait, accompagné de cette envie qui ne le quittait pas de le faire savoir à celle qui venait de déclencher ce séisme en lui. Il lui reste plusieurs heures pour tenter de se raisonner, de penser à autre chose. Rien n'y fait. Il se fait à l'idée qu'il allait devoir affronter seul cette nouvelle aventure. Et si une minute avant, il redoutait le lendemain, subitement, sans qu'il ne comprenne pourquoi, il se surprend à l'attendre avec impatience, décidé qu'il est à affronter sa vérité. Mais cette vérité sera-telle celle de la jeune fille ? Rien ne peut lui laisser penser que la partie sera facile, tout pourrait même se terminer par une bonne gifle. Même cette pensée ne le rebute pas. Mieux vaut courir ce risque que de laisser passer une telle occasion qu'il risquerait de regretter plus tard.

Et puis, qui sait, peut-être cette envie se sera-t-elle dissipée d'ici demain et ne sera plus qu'un souvenir. Le souhaite-t-il vraiment ou cela n'est il qu'un vœu pieux. Et puis, imaginons que Sydonie dise oui, qu'ils passent à l'acte, il faudra qu'il en parle absolument à Bérénice, avec toutes les conséquences induites. Oui, c'est cela, et puis non, il ne faut pas le faire, il faut calmer le jeu. Oui, mais Bérénice, elle, elle l'a fait, elle lui en parlé et ils sont toujours amis. Même l'argument Bérénice ne le convainc pas d'abandonner. Il lui dira, elle comprendra, ou alors, il ne lui dira pas. C'est encore une réflexion qu'il va devoir mener et qui va l'occuper plusieurs heures.

Le lendemain matin, après une nuit sans avoir trouvé le sommeil, c'est un Jonathan complètement exténué qui se présente devant une Sydonie souriante et transformée. La veille, la chevelure remontée en chignon, vêtue d'un simple corsage blanc et d'un pantalon en toile de jean, aujourd'hui, en ce jour ensoleillé, elle s'est autorisée une coiffure libre, laissant ses longs cheveux descendre sur ses épaules. Elle a revêtu une robe sans manche qui lui arrive juste au dessus des genoux.

Jonathan est certain que la jeune fille, remarquant l'intérêt qu'elle a suscité la veille, tente de lui fait comprendre par cet habillement qu'elle ne reste pas insensible à son charme et reste ouverte à toute proposition. La journée va être très longue. Il aurait souhaité qu'il soit en son pouvoir de modifier l'agencement de ce maudit bureau dont l'étroitesse et l'encombrement n'offrent aucunes autres alternatives. Et les mêmes causes vont causer les mêmes effets. Le jeune homme aujourd'hui en est de plus en plus certain, elle le provoque. Il en est convaincu, tout est savamment calculé, aussi bien les déplacements que les effleurements dont elle le gratifie au passage.

Le midi, ils déjeunent ensemble et il se fait expliquer les raisons pour lesquelles elle déjeune habituellement seule. Elle lui avoue que son poste fait d'elle la seconde du service, à tort dit-elle, même si son bureau jouxte celui du responsable de service. Et ajoute-t-elle, son bulletin de salaire est là pour prouver la justesse de ce qu'elle avance.

Il profite de ce moment de détente pour la féliciter du look de ce jour, ce à quoi, tout en rougissant, elle se dit sensible à cette remarque et ajoute, comme pour s'expliquer, qu'elle aime bien effectivement de temps en temps apporter du changement à ses tenues. Fort de ce point marqué, il en profite pour lui proposer, après la journée de travail, de se retrouver dehors pour faire plus ample connaissance autour d'un dernier café ou tout autre chose dont elle aurait envie, ce qu'elle accepte a condition que cela se fasse bien hors des locaux de l'entreprise, pour des raisons de ''qu'en dira-t-on''. Comme il va rentrer à pied, le précise-t-il, lui propose qu'elle le rattrape, le prenne alors dans sa voiture puisque c'est son chemin pour rentrer chez elle, et après il saura exactement où aller. Elle accepte tout en précisant bien que dans son esprit, il ne s'agit bien que de prendre un café, discuter un peu et rien de plus. Ce à quoi le garçon lui répond faussement qu'il ne voit pas ce qui pourrait se cacher d'autre derrière cette invitation.

Et ces deux là, après l'après-midi de travail mettent leur plan à exécution Jonathan servant de guide. Sydonie, qui pensait se retrouver dans un bar, du côté du lac se retrouve devant le chalet de la famille Thévonin. Ce n'est pas ce qu'ils avaient convenu. L'accord était et reste toujours bavardage autour d'un café, rien d'autre et dans un bar, en public. Jonathan en convient, sauf que le lieu, lui, n'a pas fait l'objet de discussion et encore moins d'accord. Et puis, le café, il sait très bien le faire, et cela coûtera bien moins cher qu'au bar tout en étant au moins aussi bon. Finalement, elle accepte, mais reste sur la défensive. Si à peine entrés, il se jette sur elle, elle se défendra, criera, ressortira. Bien sûr, elle ne lui dit pas, mais elle est certaine qu'elle aura la force de le faire.

Ils avancent, il ouvre la porte, s'efface pour la laisser entrer, referme la porte, mais sans la fermer à clef comme elle le craignait. Il la fait asseoir, lui propose le choix de la boisson. Elle opte pour le café. Elle se détend enfin. Et ils commencent à discuter, de choses et d'autres. Elle revient sur ses réticences concernant ce rendez-vous, lui explique que si la chose venait aux oreilles de son patron, le père de Jonathan, elle devra supporter les conséquences de ses actes et que celles-ci pourraient se révéler catastrophiques pour elle. Il lui fait remarquer qu'ici, ils sont loin de tout et que son père n'en saura jamais rien. Elle baisse la garde, lui confie que sans le lien de parenté entre le père et le fils, elle aurait certainement accepté sans réticences cette invitation dont, elle s'en doute bien, le bavardage n'est pas le but ultime. Alors qu'elle s'attend à une dénégation de ses dires, le garçon lui avoue qu'elle ne se trompe pas et que de toute façon si par malheur, cette entrevue venait aux oreilles de son père, le résultat serait le même qu'ils fassent ou non ce dont tous les deux avaient envie. Elle hésite, il pense qu'il a été trop vite, qu'elle va prendre peur et s'en aller, mais au contraire, elle s'approche de lui, le regarde, il la prend par la main l'emmène dans la pièce d'à côté qu'elle n'avait pas remarqué. Le temps des paroles est passé. Ils perdent instantanément le contrôle de la situation. Tout commence par un long baiser tandis que les mains partent à la découverte de l'autre. Entre eux, les mots n'ont plus aucuns sens, il ne reste que des onomatopées, des étreintes, des soupirs, chacun obtenant ce qu'il attend de l'autre. Ils attendaient monts et merveilles de cet instant où deux ne font plus qu'un, ils vont atteindre leur but.

Ils se quittent quelques minutes après la dernière étreinte non sans se promettre de se retrouver ici dès le lendemain soir, ce demain où tout sera encore mieux.

Et comme prévu, la suite sera encore plus torride et le moment de se quitter plus difficile.

Pour donner le change, il va rentrer à pied, refusant par là même la proposition de Sydonie de le ramener.

Le sourire de contentement qu'il arborait la minute d'avant s'estompe alors qu'il aperçoit la voiture de son père dans l'allée. Comment se fait-il qu'il soit rentré si tôt ? Ce n'est pas son habitude. Si sa présence résulte de son escapade, il faut vite qu'il trouve une réponse appropriée à la situation. Ne serait-ce que pour se laisser le temps d'élaborer une stratégie, il ralentit le pas. Mais peut-être s'invente-t-il une histoire, son père ne peut pas être au courant, comment d'ailleurs pourrait-il l'être ? Il est juste un peu souffrant et il a préféré écourter sa journée. Oui, cela tient la route, sauf que jamais cela n'est arrivé par le passé. Alors mieux lui vaut-il être prêt à affronter la tempête.

Il en est là dans sa réflexion quand il aperçoit sa mère qui lui adresse de grands signes. Il lui semble souhaitable d'accélérer le pas pour la rejoindre.

– Je ne sais pas ce qui se passe, Jonathan, mais ton père est rentré de très mauvaise humeur, et je mesure mes mots en te disant cela, mais il t'attend dans son bureau et j'ai pour consigne de ne pas m'en approcher dès que vous serez ensemble. Peux-tu me dire ?

— Non maman, plus tard, il vaut mieux que je ne le fasse pas trop attendre.

Il appose une bise sur le front de sa maman et s'éloigne. Plusieurs questions fusent à son esprit, que sait-il exactement, comment le sait-il, qui lui a rapporté la chose et pourquoi ?

Dans deux enjambées, il sera devant la porte, une enjambée de plus et il sera face à son père. Il frappe à la porte du bureau, le ''entre'' qui suit lui apporte un début de réponse. Manifestement, il sait. Et l'état de fureur dans lequel il le trouve, le mot colère est bien trop faible, le met immédiatement dans l'atmosphère. Il ne sait pas combien de temps cela va durer, mais une chose est sûre, il va devoir affronter la tempête du siècle.

Sans attendre, il s'avance et s'assied.

— T'ai-je proposé de t'asseoir, il me semble que non, alors lève toi.

Le jeune homme préfère obtempérer sans rien dire. Reprenant sur le même ton que précédemment, il enchaîne :

— Je te croyais, digne de confiance, tu n'es qu'un petit imbécile qui s'imagine que le droit de cuissage est toujours d'usage. Jamais, tu m'entends, jamais depuis ta naissance je n'ai ressenti le besoin le lever la main sur toi, mais aujourd'hui, il me faut prendre sur moi, au prix d'une grande frustration, pour ne pas le faire. Tu te rends compte de la gravité de tes actes, j'espère, coucher avec la première dévergondée qui te tombe sous la main, dans l'entreprise dont je pensais qu'elle deviendrait tienne d'une part, et sous mon propre toit en plus. Qu'as-tu à dire, je t'écoute.

– Et bien

– Non, tais-toi, il vaut mieux, nous reprendrons cette conversation plus tard. Tu ne reviendras dans l'entreprise qu'en début de semaine prochaine. Tu rejoindras dès demain tes grands-parents, et je ne veux pas te revoir avant dimanche-soir. File dans ta chambre.

Tout en s'exécutant, il ne peut s'empêcher d'analyser la situation. Il n'est pas fier de lui. Sa mère parlait tout à l'heure de la mauvaise humeur de son père, elle était très en dessous de la vérité. Maintenant, c'est pour Sydonie qu'il s'inquiète. Il va sans aucun doute la recevoir et il craint le pire pour celle qui, somme toute, n'a eu pour seul tort que d'avoir cédé à ses avances. Il voudrait bien croire qu'il la retrouvera lundi pour qu'il puisse s'excuser des ennuis qu'il lui cause et lui expliquer que dès maintenant, il vaudra mieux qu'ils se tiennent tranquilles.

Un étage plus bas, c'est au tour d'Adèle, sa mère de s'entretenir avec le patron. Le ton de son père reste véhément. Il n'entend que quelques bribes de phrases, car ses parents chuchotent, mais il arrive à comprendre qu'elle cherche à minimiser la gravité des faits alors que lui en fait une histoire d'honneur. Il ne comprend pas pourquoi, mais il entend que les Docart font partie des débats. Il n'en saura pas plus, car tous les deux ont encore baissé le ton. Il aimerait bien s'approcher, mais il lui faudrait pour cela descendre ce maudit escalier dont certaines marches grincent, ce qui trahirait son approche et ne manquerait pas de relancer le courroux de son père. Il préfère s'abstenir. D'autant que sa maman semble avoir entamé avec succès les manœuvres de retour au calme comme semble le prouver le quasi silence qui s'installe.

Puisqu'il ne pourra pas, pour le moment, en savoir davantage, il tente d'évaluer l'étendue des dégâts. Ils sont de deux ordres si on fait exception de lui-même. Sydonie d'abord, c'est elle maintenant qui est dans le viseur. Et il se sent responsable de son devenir. Et puis en second lieu, il y a les Docart. Que viennent-ils faire dans cette histoire qui ne les concerne en rien. Peut-être faudra-t-il qu'il en parle à sa mère. Avec elle, il peut discuter. Mais pour cela il faudra attendre quelques jours pour que les braises de cet incendie soient bien éteintes. Une seule évidence lui vient. Sydonie sera toujours la première avec qui il a fait cela, mais elle pourrait en payer le prix et il vaudra mieux, à l'avenir, qu'il apprenne à se contrôler. Bérénice pourrait peut-être lui donner des conseils, puisqu'elle a une longueur d'avance sur lui.

Ce lendemain matin, Antoine Thévonin est de forte méchante humeur. Une nuit sans sommeil passée à imaginer la suite qu'il devait donner à cette affaire. Elle allait se régler le plus simplement du monde, en quinze minutes maximum mais le plus ennuyeux, c'était l'après, les commentaires qui allaient circuler et toujours cette crainte que cette affaire finisse par arriver aux oreilles des Docart. En fait, il le savait, c'était son seul souci. Pour ne rien arranger, les deux familles devraient se rencontrer ce dimanche. Ce détail lui avait échappé jusque là. Jonathan se devait d'être là, or, il lui avait imposé ce week-end chez ses grands-parents. Repousser l'invitation n'est pas une option. Donc, le jeune homme restera avec sa mère, avec interdiction de sortir du domaine. Ce détail réglé, et sans aucun mot, il endosse son pardessus et sort.

Il va passer tout le trajet à ruminer l'affront qui lui est fait et prend sur lui pour, dès son arrivée, afficher son air affable habituel, salue les employés qu'il croise et s'enferme dans son bureau. Il est huit heures quinze, cela lui donne un petit quart d'heure pour avaler un café et peaufiner son plan. Pour la première fois depuis son lever, c'est un vrai petit sourire qui éclaire son visage. Il tient son scénario sans faille. Maintenant, il va passer à l'acte et commence par demander à Adrien Laplace de le rejoindre et lui annonce dès son arrivée que pour une raison inexplicable, sa secrétaire, Sydonie Duval lui a laissé un courrier dans lequel elle lui remettait sa démission pour dit-elle, ''raisons personnelles''. Avant d'accepter cette démission, il veut la recevoir et tenter d'infléchir sa décision. Il le prie alors de le laisser seul avec son employée pour cet entretien.

Compte tenu de la formulation directive employée, Laplace préfère obtempérer et se retire.

L'entretien avec Sydonie Duval ne durera pas plus de vingt minutes, elle ressortira du bureau patronal, rassemblera son peu d'affaires et quittera l'entreprise sans se retourner.

Quant à l'humeur patronale, maussade à son arrivée, elle évoluera très lentement vers une amélioration. Mais pour ceux qui le connaissent bien, Antoine Thévonin affiche tous les signes d'une forte préoccupation.

Pour lui, tout se déroule bien, et forcément, ces deux là ne se reverraient pas. Le départ volontaire de la secrétaire passerai très vite pour une anecdote pour certains et même inaperçu pour beaucoup d'autres. Et c'est bien ce ''déroule bien'' qui le dérange. En fait, rien n'est véritablement réglé et l'épée de Damoclès va rester là un bon moment au-dessus de sa tête. Seule bonne nouvelle pour l'instant, et elle vient de son épouse. Tout est réglé pour Jonathan, il reste à la résidence. Elle a bien dû raconter une histoire à ses parents pour leur expliquer le changement de dernière minute, ceux-ci ont accepté la version de leur fille sans poser de question.

La journée va se révéler très longue et comme il ne le fait que très exceptionnellement il s'autorise à rentrer chez lui beaucoup plus tôt que d'habitude.

Il est las, il aimerait échanger avec ses proches, mais les paroles ne viennent pas, il attend avec impatience que son épouse ou même son fils entament la conversation, mais seul un silence pesant lui répond. L'atmosphère est lugubre, chacun attendant des deux autres une prise d'initiative qui réchaufferait l'ambiance, sans que rien ne se produise.

La soirée se déroule dans un silence que tout le monde souhaiterait rompre sans que pour autant personne ne prenne la responsabilité de prendre la parole. Finalement, la décision du coucher est avancée.

C'est maintenant l'heure d'accueillir les Docart. Mais là, rien ne va se passer comme à l'accoutumée. Pierre Docart s'éjecte de son véhicule, se rue littéralement sur Antoine et le prie de le recevoir immédiatement dans son bureau. Antoine interloqué lui demande juste le temps d'accueillir le reste de la famille ce à quoi l'autre lui oppose une fin de non recevoir, vu qu'il est venu seul.

– Vous ne pensez tout de même pas que je permettrai une seconde de plus que ma fille reste en contact avec un individu tel que votre fils qui se comporte comme le dernier des derniers.

– Mais, Pierre,

– Il n'y a pas de Pierre qui tienne, oubliez notre famille, notre relation, pour notre part, c'est déjà fait.

– Non, non, ce n'est pas possible.

Ces paroles, il ne les a pas criées, il les a hurlées. Adèle sursaute, allume en catastrophe la lumière et trouve son mari en transe, secoué par des sanglots, son visage enfoui dans ses mains.

Manifestement, il vient de faire un gros cauchemar. Réveillé en sursaut, Jonathan, inquiet, accourt pour prendre des nouvelles. Rassuré, sans pour autant en apprendre d'avantage sur les causes de ce trouble, il retourne dans sa chambre.

Ce dimanche matin, un soleil radieux illumine le ciel. Pas un nuage à l'horizon. Antoine voudrait bien qu'il en aille de même dans sa tête. Mais le cauchemar de cette nuit est toujours présent dans ses pensées. Pourvu que cela ne puisse rester qu'un simple cauchemar et ne devienne pas réalité.

Il va être fixé immédiatement puisque les Docart franchissent le portail. Et encore plus vite, il va se trouver rassuré vu le grand sourire affiché par son invité. L'accueil comme toujours est amical, tant par l'hôte que par son épouse. Quant aux deux jeunes, c'est par une étreinte qu'ils marquent leur plaisir de se revoir. Ils en profitent pour se promettre tout à l'heure des nouvelles riches en émotion.

Mais il faut d'abord en passer par la séance de l'apéritif de bienvenue et du repas, ce qui va durer au moins deux heures, et deux heures, cela va leur sembler long. Ils aimeraient bien s'y soustraire, mais la faisabilité de la chose leur paraît impossible. Alors, ils vont une fois de plus s'y soumettre. Mais, et c'est promis, la toute dernière bouchée avalée, ils quitteront la table, avant l'immuable pause café.

Et cette fois-ci, Ils s'en tiennent à leur promesse initiale, s'excusent de quitter la table aussi rapidement, mais ont trop de choses à se dire, et trop peu de temps à leur disposition pour tout faire.

Antoine ne dit rien, mais n'en pense pas moins. Pourvu que Jonathan n'ait pas cette envie stupide de tout raconter à son amie. Quelle pourrait être alors la réaction de

Bérénice et celle de ses parents la voyant revenir vers eux avec la mine déconfite.

A mille lieues de ces pensées, les deux jeunes se lancent dans le récit de leurs aventures et c'est Bérénice qui se lance :

– Il faut que je dise, tu te rappelles que je t'ai parlé de Chloé et de notre aventure, et bien ça continue, mais à chaque fois, même si nous allons de plus en plus loin, tu comprends ce que je veux dire, je me sens toujours en manque de quelque chose à la fin. Et plus j'y réfléchis, moins je comprends. Ou plutôt, j'ai bien une explication, mais elle n'est pas suffisamment rationnelle pour que je t'en parle maintenant.

– Tu sais, tous les deux, on est dans le même état d'esprit. Il faut que je te raconte, mais surtout, c'est seulement entre nous deux, tu n'en parles à personne, promis ?

– Bien sûr, tout ce qu'on se dit reste entre nous.

– Voila, Je t'ai dit l'autre fois que mon père avait décidé de m'introduire dans la société, pendant les vacances. Cette fois ci, je vais faire court, je me retrouve dans un minuscule bureau encombré où s'active une fille avec qui je vais faire connaissance, un peu trop d'ailleurs, et va arriver ce qui doit, tu vois ce je veux dire ?

– Oui, à peu près.

– C'est bien cela, j'ai fait mes premiers pas.

– Ce n'est pas grave.

- Pour mon père, si. Je ne sais pas comment, ni par qui, mais il l'a appris et ça a bardé pour mon matricule, tu peux le croire. Et le pire n'est pas pour moi mais pour cette pauvre fille qu'il a virée.
- C'est plus embêtant.
- Attend, je n'ai pas fini. Après le savon que j'ai pris, il m'a invité, que dis-je invité, expédié est le juste terme, dans ma chambre, et en tendant l'oreille, j'ai entendu des choses qui me laissent perplexes. Avec ma mère, ils parlaient de vous, de toi, d'une amitié qui pouvait être réduite à néant. J'aurai bien voulu être plus proche de la pièce, mais cet escalier avec ses marches qui grincent ne me permettait pas d'approche discrète. Alors j'en suis là.
- Moi, j'ai peut-être une explication. Elle vaut ce qu'elle vaut, mais te rappelles-tu ce jour, nous n'étions encore que des enfants, où nous avons surpris cette conversation au cours de laquelle ils évoquaient la possibilité, plus tard, d'une union de leurs deux familles par notre intermédiaire? A l'époque, nous n'avions pas tout compris. Et bien, et si plus tard, c'était maintenant ?
- Tu as raison, je n'y pensais plus, mais alors là, on a un sacré problème, tu ne crois pas ?
- Moi, je dirais deux problèmes, toi et moi, chacun le nôtre.
- Tu veux dire ce que je sais de toi et de ce que je viens de te dire, c'est bien de cela.
- Entre autre. Ils parlent de nous entre adultes, nous marient sans rien savoir de nos aspirations. Ils ont

toujours pratiqués comme cela, ils nous ont appris à toujours dire oui, à être d'accord sur tout. A-t-on une seule fois eu la possibilité de leur dire non, Jonathan ? Jamais. Les seules questions qu'il faut se poser maintenant sont de savoir si on veut, si on peut ou si on doit dire non.

– C'est un joli programme, mais si on veut y répondre avec sincérité et ne rien regretter à l'avenir, il faut être certain des décisions que nous allons prendre.

– Je suis d'accord, alors, ne tergiversons pas et mettons tout à plat et commençons d'abord par étudier les conséquences qu'aurait un refus de notre part.

– Pour ma part, je risque d'être déshérité. Pas moins. Je deviens le fils indigne qui n'a pas su répondre aux attentes placées en lui et qui ne sait pas être à la hauteur de ses illustres ancêtres. Y suis-je prêt ? Franchement non.

– Merci, ta réponse facilite la mienne, moi non plus je ne suis pas prête à renoncer à ma vie actuelle, et je n'envisage pas du tout comment je vais pouvoir concilier leur volonté et la mienne de rester auprès de Chloé et de toi. Alors, maintenant quels choix s'offrent-ils à nous, Jonathan ? Résumons. Si c'est bien ce qu'espèrent nos parents, nous disons d'accord. Après on verra bien.

– Sauf Bérénice, si mariage il y a, et si nous ne disons pas non, il aura lieu, tu ne te poses pas la question d'après ?

– Je les entends déjà demander : quand allons nous devenir grands-parents ? Jonathan, si tu es d'accord, vérifions la faisabilité de la chose.

— J'ai bien entendu, Bérénice, toi, mon amie d'enfance, ma copine, ma confidente, celle que je considère comme ma sœur, tu me proposes, maintenant, de passer à d'autres jeux qui

— C'est bon n'en parlons plus.

— Attends, tu veux bien. D'accord je suis surpris de ta proposition, mais avant, lève l'ambigüité sur tes propos tenus la dernière fois et sur ceux de tout à l'heure au sujet de ton insatisfaction après tes rapports avec Chloé.

— Et toi, avec tes bisous, entre deux, comme tu disais. Jonathan, nous sommes presque des adultes. Tu veux savoir, tout connaître sur le pourquoi de mon insatisfaction ? Et bien voilà. Oui je me sens attirée par les filles. Mais cette expérience me pousse aussi vers une relation avec un garçon, si tu veux comme la preuve par neuf que je ne me trompe pas, et cette preuve par neuf, c'est avec toi que le veux la faire. Non pas par nécessité mais aussi par envie. Je ne sais pas qu'elle sera ma position après, si cela confortera mes attentes ou non, mais j'ai envie de le savoir, maintenant.

— Je n'ai rien à ajouter alors.

— Tais-toi.

Effectivement, le temps des mots est maintenant révolu. Plus rien pour eux deux ne sera plus jamais comme avant. Ils vont se donner complètement, sans tricher, sans arrière pensée. Pour eux deux, seul l'instant présent compte.

Elle se dégage en pleur de l'étreinte, mais se blottit à nouveau dans ses bras.

– Vois-tu Jonathan, je ne sais plus où j'en suis. Je n'ai qu'un seul regret, c'est que ce soit déjà terminé. Je voulais une réponse, il ne me reste que des questions.

– Tu sais, Bérénice, je n'ai pas fait semblant et ce moment restera le meilleur que j'ai passé avec toi. Mes yeux ne te verront plus de la même façon ; Je n'ai pas répondu à tes attentes, j'en suis désolé.

– Ne le sois pas, je ne sais plus réellement que penser. Dans tes bras, je me suis laissée aller. Dans ceux de Chloé, je dirige l'échange. On parlait tout à l'heure de la question induite au mariage, là, en ce qui me concerne, je peux en accepter l'idée.

– Et moi, je suis surpris d'être d'accord avec toi. Mais maintenant, deux choses m'interpellent : Est-ce bien ce qu'ils veulent et si oui quand vont-ils nous en parler ? Ou alors, nous nous sommes mépris sur leur projet ou tout simplement, l'ont-ils abandonné, aurions nous fait le bon choix cette après-midi ?

– Je pense que oui. Mais en même temps, il y a moins d'une heure, nous avions deux problèmes, maintenant, nous en avons trois. A toi et moi vient s'ajouter nous deux. Que va devenir notre relation. Celle d'hier est morte à jamais, celle de demain reste à bâtir. Quelle sera-t-elle, je n'en sais rien. Pour toi, je ne peux rien dire, toi seul à peut-être la réponse. Pour moi, c'est plus compliqué. Un jour ou l'autre, je vais devoir choisir entre Chloé et toi, et là maintenant, tout de suite, j'en suis incapable Mais ce jour là venu sera pour moi un véritable crève-cœur, et je serai seule face à moi-même et ma décision, je ne manquerai pas de te la faire connaître, qu'elle te soit favorable ou pas.

C'est deux là se rhabillent, échangent un dernier baiser. Il est l'heure de rejoindre les parents. Le plus dur maintenant est de se comporter comme de vulgaires amis. Ils le savent, qu'ils se regardent et leurs yeux trahiront aussitôt leur complicité naissante. Il leur est désagréable d'être côte à côte, à table sans pouvoir se toucher. Il leur tarde que les maîtres du jeu dévoilent enfin leurs cartes. Mais est-ce bien pour aujourd'hui ou devront-ils encore attendre. Plusieurs fois déjà, Jonathan a failli se lever, déclarer à ses hôtes l'amour qu'il porte a leur fille, mais il préfère s'abstenir. Bérénice elle guette les attitudes de son père. Va-t-il dévoiler son plan d'avenir pour sa fille ? Ces deux là vont devoir attendre, car il est maintenant le temps de se séparer. Aperçoivent-ils, les parents, l'échange furtif du baiser d'au revoir qui n'est plus sur les joues et ces deux mains qui s'entrelacent ? Si oui, ils ne le montrent pas.

D'habitude si bavard après le départ des invités, Jonathan reste muet. A sa mère qui l'interroge sur le sujet, il répond laconiquement que tout s'est très bien passé, qu'ils avaient eu beaucoup de choses à se dire.

Dans le quart d'heure qui suit, Jonathan surprend une phrase du dialogue entre son père et sa mère où il est question de l'occasion manquée de parler de l'avenir de leurs enfants alors que leurs hôtes leur tendaient la perche et se promettent d'en parler la prochaine fois et surtout d'en faire l'objet principal. Jonathan, voudrait bien intervenir, de les prier d'aller tout de suite chez les Docart, mais bien sûr, il n'en fait rien.

Chez les Docart, justement, Bérénice est en pleine réflexion. Les événements de cet après-midi la plongent dans une grande perplexité. Elle ne les regrette pas, mais en analysant la situation, elle doit bien admettre que le bilan n'est pas celui qu'elle espérait. Au passif, elle doit mettre son amitié avec Jonathan et sa certitude quant à son orientation sexuelle. A l'actif, elle a gagné la conviction de pouvoir répondre à l'attente de ses parents si ce qu'elle pense de leur exigence se concrétise. Et en perdant un ami, elle gagne beaucoup plus que de l'amitié. Mais dans cet échange, elle se sent frustrée. Oui ce moment avec Jonathan s'est très bien passé, mais il lui reste un goût d'inachevé, comme si l'un ou l'autre n'avait pas tout donné, à moins que se soit les deux. Il est vrai que pour sa part, passer de l'amitié à l'amour n'a pas été simple et il est possible que son partenaire ait connu la même difficulté. Elle se remémore la première fois avec Chloé ainsi que les fois suivantes et doit bien reconnaître que les conclusions sont identiques et en y réfléchissant, elle croit savoir ce qui lui manque, dans les deux cas. Pour faire simple, la prochaine fois avec Chloé, elle expérimente et elle vérifiera après avec Jonathan. Et seulement après, elle saura. Cette certitude la plonge alors dans un profond tourment. Elle imagine que la roue tourne en faveur de Chloé, elle ne pourra plus que simuler avec Jonathan et le tromper va être un véritable calvaire et ne parlons pas non plus de faire un enfant avec lui, sans amour, ce qui pourrait être destructeur pour elle. Il lui faut maintenant supposer que l'expérience tourne à l'avantage de Jonathan. Qu'adviendra-t-il alors de leur amour, à Chloé et à elle, de leur projet de vie professionnelle ? Et de leur vie tout court ? Perdra-t-elle l'une ou l'autre de ses relations ? Ou encore pire, les deux.

Perdre Jonathan, c'est perdre toute sa jeunesse, ses jeux d'enfants, une amitié précieuse, un possible projet de vie.

S'éloigner de Chloé, c'est voir disparaître son premier amour. Enfin, son seul amour jusqu'à hier. C'est à coup sûr abandonner le projet de galerie d'art qu'elles projettent ensemble.

Elle va se lancer dans cette nouvelle aventure où aucun des deux ne devra savoir qu'il est en concurrence avec l'autre. Elle sait ce qu'elle veut, elle sait maintenant ce qu'elle attend, elle vient de le comprendre. Elle ne va rien leur demander, mais celui qui saura lui procurer le plus de satisfaction et de bien être remportera le match. Pas de match nul possible. Ce n'est pas elle qui jugera, mais son corps.

Soulagée ? Oui et non, car il y aura un perdant. Pourvu que ce ne soit pas elle. Sinon, quel que soit le vainqueur, elle, elle perdra beaucoup.

Trop, c'est trop, elle voudrait se réfugier au plus vite dans les bras de sa maman, pleurer sur son épaule comme elle le faisait quand elle était petite fille. Mais lui serait alors impossible de lui expliquer l'origine de son tourment. Ce sera finalement son oreiller qui lui servira de réceptacle. Et des larmes, il va en recevoir, il va étouffer bien des sanglots.

Ce matin, chez les Thévonin, le calme semble revenu. Un calme bien fragile cependant. Jonathan est fébrile. Les événements de la veille n'ont cessé de lui revenir en mémoire. Et les questions affluent en rafales. Et la moindre n'est pas de savoir s'il avait eu raison ou non d'engager cette relation avec Bérénice. La perdre en tant qu'amie est déjà une épreuve en soi, la perdre tout court lui est tout simplement inconcevable. Jamais il n'aurait dû se lancer dans cette histoire sans y être obligé. Il faudra qu'ils en reparlent, Bérénice et lui, la prochaine fois.

Cinq longues minutes qu'il est là, devant son petit déjeuner, sans y toucher. Il va mal Jonathan, ses yeux rougis trahissent l'état de tension dans lequel il se trouve. Sa mère s'aperçoit bien du désarroi dans lequel se trouve son fils et lui propose son aide, son écoute, mais le jeune garçon l'ignore. L'a-t-il seulement entendu ? Pas certain. Finalement, il écarte son bol, se lève et se rend dans la salle de bains. Une bonne douche lui fera du bien.

A sa sortie, c'est son père qui l'interpelle :

— Jonathan, si tu veux bien me rejoindre dans le bureau, j'aurai à te parler. Ca ne va pas, tu fais une drôle de tête.

— Non, c'est bon

— Je suis sûr, moi, du contraire et je suis prêt à en parler avec toi, quand tu le voudras. Mais c'est d'autre chose que je voudrais te parler. Je ne l'ai pas fait avant car il fallait que je retrouve tout mon calme. Sydonie m'a donné sa démission. J'ai trouvé sa lettre sur mon bureau, vendredi matin. Ce matin, tu vas retrouver ton cycle normal de formation et c'est un garçon, Vincent qui va la continuer. Ne pense pas que j'ai nommé à ce poste un garçon eu égard à la méfiance que j'aurais envers toi, ce ne sont que ses compétences qui l'ont propulsé à ce poste. Et puisque nous revenons sur ce sujet, saches bien que c'est la première fois que tu te lances, au sein de l'entreprise, dans une telle aventure, mais que se sera aussi la dernière. Dans le cas où je ne me serais pas fait comprendre correctement, une nouvelle incartade me ferait prendre des décisions drastiques à ton endroit. L'exclusion définitive dans l'enceinte de la société serait prise à ton égard, ce qui entraînerait à moyen ou long terme son passage hors du giron familial. Je t'aime trop pour ne pas espérer n'avoir jamais besoin d'arriver à cette extrémité. Il me serait trop désagréable d'abandonner tous les espoirs que je place en toi.

– Merci papa, soit tranquille, je saurai me tenir à ma place. Tu n'entendras plus parler de comportement déplacé de ton fils dans l'espace professionnel.

– Je préfère entendre cela. Maintenant, allons-y.

Il avait bien besoin d'entendre cela maintenant. De toutes façons, au point où il en est, plus personne ne peut lui venir en aide. Il récapitule mentalement la somme des ennuis qu'il cumule en huit jours de temps. Il est coupable du départ d'une employée du bureau de son père, coupable de la perte de son amie la plus chère et menacé de la pire des sanctions qui soit, l'exclusion à vie de cette entreprise.

Et autour de lui, de quelques côtés qu'il se tourne, il ne voit personne à qui se confier. Ici, il n'y a que son père, et il ne lui semble pas raisonnable de faire appel à lui. Ce soir à la maison, il y aurait possiblement sa mère, mais après l'avoir éconduite, il ne voit pas comment il pourrait la solliciter. Non, décidément, il s'était mis tout seul dans les ennuis, alors, il ne pouvait et ne devait que compter sur lui

La journée, les jours qui suivent sont un calvaire pour lui. Ce pauvre Vincent, le successeur de Sydonie, a même cessé de s'intéresser à lui, attendant des jours meilleurs. Il prend tout de même la précaution d'en parler à son chef qui relaie l'information à son patron

Convoqué par son père, Jonathan élude la question, invoquant une indisposition passagère. Il est par ailleurs tout heureux d'apprendre qu'il reverra Bérénice dès Dimanche, les deux familles ayant d'importantes dispositions urgentes à prendre. Pour ce faire, ils se réuniront pour la journée dans une salle réservée au restaurant du club de golf. Lui et elle vont donc se retrouver seuls face à eux-mêmes et cela lui va très bien. Mais il se garde bien de n'en rien laisser paraître

Et ce dimanche donc, ce sont les retrouvailles, les deux jeunes gens se retrouvent seuls et ils ont beaucoup de choses à se dire, surtout Jonathan d'ailleurs. En un premier temps, ils laissent les parents s'éloigner. Ce premier obstacle franchi, il faut affronter le second. C'est la première fois qu'ils se revoient depuis le passage à l'acte. Et Jonathan reste circonspect face à Bérénice qui, elle, semble en plein doute. Il va tenter de rompre le silence :

– On ne s'est même pas salué, tu te rends compte ?
– Tu as raison Jonathan, mais pouvions nous le faire devant nos parents, comme je brûle de faire

Sur ces paroles, elle se love dans les bras du jeune homme. L'effusion terminée, elle lui explique qu'elle est venue chercher une réponse et que les mots ne seront pas suffisants pour la convaincre. Comprenant l'attente de son amie, il lui propose alors de se rendre dans un lieu plus approprié pour ce genre de débat. Refus de la jeune fille. C'est là, dans ce salon, sur ce canapé qu'elle souhaite opérer. Interloqué, il l'est, mais il obtempère sans un mot. Et c'est elle alors qui prend les commandes. Elle va pratiquer comme si elle se préparait à faire décoller un avion. Dans ces moments, le pilote sait qu'il doit atteindre une certaine vitesse pour réussir son décollage. Si le besoin d'interrompre se manifeste il doit le faire avant d'atteindre ce point. Et ce point dès qu'elle y parvient, elle stoppe tout. Petite hésitation de Jonathan, frustré, qui finalement reprend les opérations là où elles en étaient. Il ne faut pas très longtemps pour que ces deux là se retrouvent dans la stratosphère, Bérénice la première arrivée y entraînant à sa suite un Jonathan au bord de la pamoison. Elle qui ne voulait pas de parole ne fut pourtant pas la dernière à manifester la satisfaction de son épanouissement par des mots qui, sortis de leur contexte, pourraient avoir une connotation grossière, voire même aussi insultante. Mais comme Jonathan de son côté, n'était pas en reste, tout s'équilibrait.

Remis de leurs émotions, les voila tout surpris de se retrouver dans cet endroit si peu adapté à ce genre d'exercice.

— Désolée Jonathan, je ne sais pas pourquoi je t'ai demandé de faire ça ici.
— Ce n'est pas grave, et puis, on était plus vite arrivé. Mais imagine si nos parents étaient revenus plus tôt.
— On n'aurait pas décollé.

Les voila partis dans un fou rire qui s'éteindra pour reprendre aussi vite dès qu'ils se regardent. Mais une question brûle les lèvres de Jonathan, il faut qu'il sache :

— J'aurais une question, Bérénice
— Je sais. Est-ce que j'ai trouvé ma réponse ? La fois d'avant qui n'était pas si mal, j'avais ressenti comme une

petite frustration. La même d'ailleurs qu'avec Chloé, et à force d'y réfléchir, j'ai compris. Avec Chloé, j'étais toi et avec toi, j'étais Chloé, tu comprends ?

– Non, pas du tout.

– Je t'explique. Chloé, elle reçoit, mais ne rend rien ou très peu, quelques caresses par ci, par là, mais moi je restais en attente de plus. Avec toi, j'ai reçu ce que je voulais mais ce n'était pas suffisant. En fait, il aurait fallu que nous fassions l'amour tous les trois ensemble pour que j'y trouve mon compte. Pas très concevable, tu en conviendras. Il fallait donc que je sache qui de vous deux me permettrait de vivre mon fantasme à l'envi. Chloé, avec qui j'ai tenté l'expérience cette semaine a lamentablement échoué. Je crois, et elle a bien compris, que nous aurions du mal à continuer. Mais je n'en avais pas fini, il fallait que je le tente avec toi, et en étant Jonathan au début et Chloé à la fin, j'ai visité un endroit que je ne connaissais pas. Jonathan, tu es le grand vainqueur de ce match et tu as le droit à ton lot.

– Et qui commence, Jonathan ou Chloé ?

Elle se jette littéralement sur lui. A même le sol cette fois-ci le combat a lieu. Ils en ressortiront épuisés, chacun étant conquis par l'autre.

Quinze heures, il est, quand les parents arrivent, l'air satisfait d'eux-mêmes. Et d'entrée de jeux, ils vont leur dévoiler le fruit de leur réflexion qui les concerne tous les deux. Elles sont simples. Pour Jonathan, dès le début de l'année prochaine, il ira s'installer à trois cents kilomètres d'ici, chez un vieil ami de son père, pour vivre une autre expérience, dans un autre domaine que le sien et découvrir d'autres procédures que celles qu'il connaît. Pour Bérénice, elle ira se perfectionner dans son art à Paris, aux arts et métiers. La discussion est close. Chez les Thévonin come chez les Docart, on ne discute pas. Sauf que Jonathan cette fois-ci va enfreindre cette règle :

– Sauf que vois-tu papa, je ne pense pas que l'endroit choisi pour parler de mon avenir soit le bon et je m'excuse auprès de monsieur Docart pour qui j'ai un grand respect, d'avoir à te le dire maintenant et ici.

– Mais, nous avons aussi parlé de votre avenir à tous les deux. Pour après.

– Et alors ?

– Nous en reparlerons plus tard, une fois cette période passée.

– Non papa, nous allons en parler tout de suite. Tout d'abord, je refuse cet éloignement, loin de Bérénice. Monsieur Docart, voulez vous me faire le grand honneur de m'accorder la main de votre fille ?

– Comment osez-vous, petit effronté, vous me demandez quoi ?

- Papa, Jonathan vient de te dire que lui et moi, nous nous aimons, et souhaitons devenir mari et femme. Dans ces conditions, je ne souhaite pas, moi non plus, donner une suite favorable à cette idée d'exil à Paris.
- Jeanne-Madeleine, vous entendez comme moi je suppose les exigences de votre fille.
- Oui parfaitement, et alors, Il me semble que ce jeune homme vient, et dans les règles, de vous demander la main de notre fille et lui et elle attendent votre réponse.
- Antoine, vous ne dites rien.
- Je suis comme vous, mon cher, abasourdi.
- Rassurez-vous, Antoine, mon mari va vite s'en remettre, juste le temps pour moi de lui rappeler un certain jour où il fêtait ses vingt ans, ce n'est pas ma main qu'il a demandée, et ce n'était pas à mes parents non plus, vous vous souvenez, Pierre. Et puis aussi, de quoi parlions-nous tout à l'heure ?
- Il ne s'agit pas de moi, Jeanne-Madeleine, mais de notre fille, Bérénice, de son avenir, dis-moi, au moins, tu n'attends pas…Bérénice, dis-nous
- Non papa, je n'attends rien, si ce n'est ta réponse à la question de Jonathan.
- Et tu n'as pas fait, comment dirais-je
- L'amour, tu veux dire l'amour, jonathan et moi ? Bien sur que oui, nous l'avons fait.
- Jeanne- Madeleine, dites quelque chose.
- D'accord, je dois dire quelque chose, et bien Jonathan attend toujours votre décision, mon cher.

– Bon, alors, il me faut avouer que je suis fier d'accepter ta demande, mais dis-moi, Bérénice au sujet de coucher avec toi, elle m'a répondu cela uniquement pour me taquiner, n'est-ce pas ?

– Pas du tout, et la dernière fois tout à l'heure, pour ne rien vous cacher.

– Et moi qui pensais que ma fille était en sécurité ici. Dans mes bras Jonathan, bienvenu à toi. Ta future belle-mère me rappelait tout à l'heure la discussion que nous avons eue avec tes parents, et bien l'heure n'est plus aux parlottes mais aux actes. Tout d'abord, puisqu'on a le temps, les fiançailles disons dans trois mois, le mariage un an plus tard. On vous laisse le choix pour l'arrivée du bébé. Attention, pour les deux prochaines échéances, là il y aura du monde, beaucoup de monde.

Jonathan s'approche de Bérénice, la saisit, l'embrasse tendrement, la prend par la main, l'emmène vers ses parents :

– Papa, maman, permettez-moi de vous présenter la future Madame Thévonin.

La tête enfouie dans l'épaule de sa future belle-fille, Adèle Thévonin se laisse aller. C'est sa façon à elle de marquer sa joie.

En cette fin d'après-midi mouvementée, c'est le champagne maintenant qui est de sortie. Et les deux pères en profitent pour peaufiner les détails des cérémonies à venir.

Les fiançailles d'abord, en toute simplicité. Au plus six à sept cents invités et on évitera les officiels. Pour le mariage, on fera beaucoup mieux. On va louer des chapiteaux. Les habitants des deux villages seront tous invités. S'y ajouteront tous les employés de THEVONIN INDUSTRIES, tout le gotha régional et les deux familles. Ils avancent un chiffre de deux mille cinq-cents invités, de quatre orchestres et un superbe feu d'artifice. Rien que cela.

Tout va se dérouler comme prévu. Les fiancés rayonnent de bonheur. Encore un an et ils n'auront plus à se séparer. Car aussi libéral qu'il veuille bien le montrer, Pierre Docart n'est pas prêt à laisser sa fille découcher, toute fiancée qu'elle puisse être.

Soit, pendant cette année, ils se verront toutes les semaines et leurs escapades serviront de prétexte pour des retrouvailles torrides. C'est ainsi que viendront du sous-bois ou du chalet du lac, des cris étouffés ou des soupirs qui ne laisseront aucun doute sur l'activité en cours. Les jours de mauvais temps, les parents prendront l'habitude de se rendre à la salle de jeux du golf, permettant ainsi aux tourtereaux de mieux partager ces temps libres.

C'est ainsi que les semaines et les mois vont se succéder, que les saisons se succèderont et que la date fatidique approchera à grands pas. Dans trois semaines Mademoiselle Bérénice Docart deviendra Madame Bérénice Thévonin. Cette évocation ne laisse jamais Pierre Docart indifférent. Il n'est pas rare qu'une fois seul, une ou deux larmes vite réprimées perlent au coin de ses yeux. Depuis la naissance de sa fille, il était l'homme de sa vie, aujourd'hui, ce n'est plus le cas. Le vieux lion est détrôné. Il va se retrouver seul face à son épouse, il n'aura plus auprès de lui ce rayon de soleil qui lui rappelle l'amour passé qu'il avait pour sa mère et que l'habitude et les responsabilités ont éclipsé. Peut-être que cela reviendra.

Mais une autre source d'inquiétude, et pas des moindres, l'étreint encore plus fort que le reste. Et si une grossesse trop précoce venait arrondir le ventre de sa fille et gâcher la fête. Tous les soirs, il scrute ce ventre sans jamais déceler le moindre signe qui pourrait avaliser ses craintes. Il pourrait lui poser la question ou même interroger son épouse mais il n'est pas certain d'obtenir une réponse sincère. Et ce questionnement ne le quittera pas avant la fin de la cérémonie qui doit avoir lieu très prochainement.

Et puis, il y a cette chambre, celle de Bérénice qui peu à peu se vide, cette chambre où il venait faire ce bisou du soir à sa fillette, là, il est venu la consoler du ''bobo'' au genou suite à une chute de vélo. Beaucoup de souvenirs l'assaillent. Dans quinze jours, tout cela n'existera plus pour elle, Dans huit jours, elle quittera cette chambre pour ne plus y revenir. Dans trois jours maintenant, le temps passe si vite, c'est demain, les premiers invités sont déjà arrivés et il faut faire bonne figure. Il craque, Pierre, là, dans la chambre de sa fille, devant elle, devant sa photo de première communiante. Il aurait voulu en rester aux quelques larmes habituelles, mais voilà, il craque pour de bon. Jamais il n'avait permis à son être de prendre le dessus. Ses jambes refusent de le porter, il tombe à genoux, secoués par des sanglots que rien ne peut arrêter.

Jeanne-Madeleine, intriguée par les bruits étouffés qui proviennent de la chambre de sa fille, se précipite et trouve son mari en pleine crise de nerf, tenant dans ses mains la photo de sa fille, devant une Bérénice heureuse de la voir arriver.

Et tous les trois se retrouvent dans cette pièce où les rôles sont maintenant inversés. Avant c'était elle qui était là à chercher du réconfort. Aujourd'hui, c'est son père qui est en souffrance. Lui qu'elle a toujours connu fort, sans faiblesse; lui qui ne lui a jamais permis le moindre écart, qui ne lui a dit que beaucoup trop rarement ''je t'aime'' est complètement dévasté à l'idée de voir son enfant prendre son envol. Alors qu'il devrait au contraire être fier du travail accompli, il s'en montre coupable. C'est ce que Bérénice tente de lui faire admettre. Elle ne sera pas loin, ils se verront souvent. Et lorsque l'heure de devenir papy viendra, il sera le deuxième homme à le savoir, le premier sera son gendre qui lui sera le papa. Ses paroles qui auraient dû le calmer redoublent en fait sa crise. Lui le deuxième dans la vie de sa fille se fera doubler une seconde fois. Elle a utilisé tous les ingrédients qu'elle avait à sa portée. Impuissante toute autant qu'inquiète, elle passe la main à sa mère. Jusque là, rien n'a marché, alors, la maman, l'épouse va tenter le tout pour le tout, après, elle passera la main à ma médecine.

— Ecoutez, Pierre, je vais m'adresser à l'homme que j'ai épousé il y a plus de vingt ans, celui qui était fort, pas à celui qui est là, à genoux, brisé par on ne sait quelle fatalité. Il y a seize mois, vous aviez pour projet d'envoyer votre fille à Paris pour deux ans pour ses études. Cela veut dire que depuis plus d'un an, cette chambre devrait être déjà vide. A son retour, vous aviez comme projet de la marier, sans la consulter, à l'homme qu'elle a fort heureusement choisi. Ce projet, je vous l'accorde bien volontiers n'est pas que le vôtre. Demain votre fille va épouser l'homme qu'elle aime, qu'elle a choisi, celui-là même que nous connaissons depuis sa naissance, qui va sans aucun doute la rendre heureuse et à qui elle saura rendre tout cet amour. Alors, au lieu de vous rouler par terre comme un vulgaire gamin trop gâté, vous feriez mieux de vous relever, vite, et regarder la réalité en face. Regardez, votre fille qui devrait être radieuse est minée par l'inquiétude. Ne pleure pas, ma fille. Viens descendons.

— Non attendez, ne partez pas, je vous dois des excuses. A toi, ma fille d'abord, je ne voudrais pas gâcher ce jour qui sera pour toi le plus beau. Cela va aller maintenant, je te le promets, je serai là demain pour t'emmener à l'église.

— Merci papa, mais je n'en ai jamais douté.

— A vous Jeanne-Madeleine, merci de toutes ces années de bonheur et un autre merci pour les paroles que vous venez de prononcer et que j'avais besoin d'entendre. Vous savez, je ne sais pas à quand remonte la dernière fois où je vous ai laissé parler aussi longtemps sans vous interrompre et même si ce temps là a existé.

    –   Je saurai m'en souvenir, Pierre

    –   J'ai toutefois une toute dernière faveur à formuler. Pourrais-je une dernière fois tenir dans mes bras les deux femmes qui comptent le plus pour moi, après ma mère.

    Et ils restèrent ainsi plusieurs minutes.

Le lendemain, nul n'aurait pu penser que cet homme radieux, heureux et fier de mener sa fille vers l'autel avait essuyé la veille le plus gros moment de faiblesse de sa vie. Il n'aura pas fallu moins que l'intervention conjointe de son épouse et de sa fille pour lui permettre d'accepter ce mariage. Il avait dû s'interroger une bonne partie de la nuit sur ce qui l'avait placé dans ce moment de faiblesse, et la réponse le désolait encore plus. Car cette union, cela faisait plus de dix ans qu'il en parlait avec ses amis, les parents du marié, et que les deux familles l'espéraient. Mais voila, les deux jeunes gens ont pris seuls leur décision alors qu'elle aurait dû émaner d'eux. Il avait tant espéré, imaginé ce moment où, réunis autour d'une table, les Docart et les Thévonin, ils auraient attendus la fin du repas pour s'intéresser au souhait des enfants et avancer que si par hasard, et il disait bien, par hasard, ces deux là décidaient de s'unir, personne ici n'y verrait rien à dire. Rien ne s'est passé comme il l'espérait et il n'a pu qu'accepter la demande du jeune homme qui verra d'ici quelques secondes celle qui est déjà madame Thévonin pour l'état civil, venir s'asseoir à ses cotés.

Il se recule de quelques pas, s'assied à côté de son épouse, baisse la tête, la relève, se tourne vers celle qui partage sa vie, se penche vers elle, lui susurre quelques mots à l'oreille, lui délivre très discrètement une bise et se prépare à suivre la cérémonie qui va être grandiose. La fête sera telle que les deux familles l'ont imaginée. Et les deux jeunes mariés ne seront pas en reste. Dès la sortie de l'église, apercevant la foule massée, ils vont tout simplement s'élancer vers elle, saluant les connaissances, les amis, les inconnus, distribuant poignées de main et bisous. Ils communient avec eux, partagent cet instant de pur bonheur improbable auquel ils ne pensaient pas il y a encore deux ans. Jusqu'au bout, ils vont tout donner. Même le bouquet de la mariée sera lancé dans la foule. Jusqu'au bout de la nuit, ils vont danser, chanter et rire pour ne s'éclipser que très tard. Ils ne pourront pas s'empêcher de visiter chacun des deux chapiteaux sous les applaudissements de leurs occupants, surpris de l'ultime attention qui leur est donnée.

Le jour qui se lève voit les derniers invités se coucher. Les deux amoureux, eux, se préparent pour leur voyage que l'on peut imaginer sous un quelconque grand soleil, une île paradisiaque. Mais Bérénice avait prévenu Jonathan. Leur voyage sera atypique. Même si dans un premier temps il avait cru à une plaisanterie, dans un second, comprenant le sérieux du projet, il avait fini par y souscrire. Dans leurs valises, point de tenues légères, de bikini, de sandalettes ou de tong, non, plutôt de grosses combinaisons, des bonnets, des gants. Ils se rappellent encore ce moment où ils se sont aperçus dans cet accoutrement improbable dans la glace du salon et du fou rire qui s'ensuivit. Son rêve à Bérénice, se retrouver blottie le long du corps de son mari, allongés sur un lit de glace dans un hôtel éphémère de la même matière. Et demain, ce sera le grand départ. A eux les aurores boréales, les ballades en bateaux au milieu des icebergs. Elle souhaiterait y ajouter des baleines dans cette carte postale et tout le reste mais déjà être sur cette terre là avec Jonathan, son mari va être tout simplement sublime.

Et dix jours plus tard, ce sont les yeux remplis de belles images et la tête pleine de souvenirs inoubliables que les deux jeunes mariés font leur retour. Il va falloir maintenant se remettre au travail et surtout entamer la vraie vie, la gérance de la galerie de peinture pour elle, galerie qu'elle a finalement ouverte conjointement avec Chloé qui est devenue une très bonne amie et la direction de l'entreprise en qualité de second de son père pour lui et ce sera chose faite dès le lendemain.

Et la mission qui va lui être confiée va l'accaparer pour les mois, voire même pour les années qui viennent, l'emmener souvent très loin de chez lui, en Chine où son entreprise a décidé de s'implanter par le biais d'une filiale. Il a tout à créer, Jonathan. Ce que lui confie son père est simple et tient en peu de mot :"on va créer une filiale en Chine" et débrouille toi mon fils et bon vent. Depuis un quart d'heure, il retourne le problème dans sa tête, sans pour autant trouver la bonne solution. Il va donc commencer par lister les obstacles qui se présentent à lui, et le premier mais pas des moindres est l'absence d'une réelle équipe solide constituée d'éléments disponibles pour les allers et retours en Chine. Cette équipe devra comporter au moins deux personnes avec lui et une secrétaire qui restera sur place, ici, pour assurer le courant. Ce personnel devra être qualifié. Ce sera un premier pas, puis viendra le temps pas très lointain où il faudra approcher la règlementation nationale par l'intermédiaire des chambres de commerce et, le plus dur, se constituer là bas un réseau et vérifier la faisabilité du projet ou plutôt la façon de l'aménager.

Issu de cette journée de cogitation intense, il entend présenter son plan d'attaque à son directeur de père. Celui-ci le félicite pour cette ébauche mais marque toutefois une réserve sur la constitution d'une équipe autour de son fils, ce qui ajoute un coût non négligeable à l'opération. Finalement, lâche-t-il, peut-être vaudrait-il mieux patienter et mettre cette affaire en ''stand by''. Jonathan comprend qu'en fait le projet est remis sine die. Il s'en félicite presque, non qu'il n'adhère pas à l'idée, bien au contraire, mais parce qu'il a maintenant du temps pour mieux l'étudier, à son rythme, et se promet de le reprendre plus tard à son compte. Et puis, il doit bien se l'avouer, cela lui permettra de passer plus de temps avec son épouse.

En fait, il n'entendra plus jamais parler de ce projet, mais ne cessera de l'enrichir. Lors de ses voyages en Chine pour rencontrer autant ses clients que ses fournisseurs, il ne manquera jamais d'agrandir et d'améliorer son réseau.

Dix-huit mois de mariage déjà et cet après-midi là, Bérénice rentre de très bonne heure chez elle. Elle a convié ses parents, et ses beaux-parents pour un dîner, mais en leur demandant de n'en rien dire à Jonathan, pour que la surprise soit complète. Comme c'est son anniversaire aujourd'hui, à Jonathan, elle veut lui en faire la bonne surprise. Elle espère toutefois qu'il appréciera.

Ce sont ses beaux-parents, les premiers, qui arrivent et remarquent aussitôt le bonjour tout juste poli qu'elle leur adresse. Puis, se sont les Docart qui ont droit eux-aussi à une arrivée tout juste saluée par un bisou de circonstance. Leur demande d'explication est renvoyée à plus tard. Pendant la demi-heure qui suit, l'ambiance ne se réchauffe aucunement. Les invités s'interrogent du regard et se répondent par des haussements d'épaules qui marquent bien leur désarroi.

Jonathan entre et se trouve surpris de voir sa proche famille rassemblée mais s'inquiète aussitôt de voir leurs mines déconfites. Tout ce monde devrait se réjouir d'être rassemblé, mais au contraire, il découvre une atmosphère qu'il n'avait jamais connue auparavant. Bérénice qui apparaît ne semble pas au mieux de sa forme. Dans un premier temps, elle ne semble pas l'apercevoir. Puis, se ravisant, vient vers lui, lui appose un bisou sur la joue, lui souhaite un bon anniversaire.

– Tu veux bien me dire, Bérénice, ce qui nous vaut cet accueil glacial

- Je vais y venir, mais assied toi donc. Tu en es en partie responsable, et je vais t'expliquer. J'ai voulu le faire devant nos parents, comme cela ils vont entendre des choses qu'ils ne savent pas sur nous et je n'aurai pas à le répéter.

Mais que veut-elle dire qui puisse intéresser leurs parents et qu'ils ne savent pas ? Veux-t-elle parler de ses interrogations passées sur sa sexualité mais alors, en quoi en est-il responsable ? Aurait-elle repris sa liaison avec Chloé, va-t-elle le quitter ou même lui proposer une sorte de ménage à trois. Ce serait absurde et surtout cela marquerait la fin de leur union, après moins de deux ans. Que gâchis.

- Jonathan, je te prie, voudrais-tu m'apporter un peu d'attention. Ce n'est pas le moment de s'éparpiller. Merci. Donc je continue. Comme tu le sais, nous venons tout les deux de vivre des moments très intenses, mais cela, c'était avant. Jonathan, notre vie à deux ce n'est plus possible, il va falloir oublier.
- Mais, chérie, ce n'est pas possible, hier encore, tu disais tout le bonheur que tu ressentais en ma présence.
- C'est vrai, je t'ai tenu ces paroles, mais c'était, comme tu le dis si bien, hier. Aujourd'hui, je ne pourrais plus te tenir le même discours.
- Excuse moi, je vais faire court, je ne sais pas ce qui s'est passé entre hier et aujourd'hui, mais tu veux me faire comprendre que notre mariage se termine, c'est bien cela ?

— Tu vois comme tu es, tu ne me laisses pas finir. Non beau-papa, ne partez pas, je n'ai pas fini.
— Il vaudrait peut-être mieux que vous régliez ce problème entre vous.
— Non, beau papa asseyez vous, j'en ai d'ailleurs presque fini. Jonathan, je maintiens que notre vie à deux est terminée, mais je ne t'ai jamais dit que l'on se séparait. Excusez-moi, mais si vous pouviez voir vos têtes, c'est trop drôle. Jonathan, nous allons être trois. Sans aucun doute, je suis enceinte. Je t'aime, gros nigaud, et vous quatre aussi, futurs papy et mamy.

Personne ne peut plus parler. Entre les larmes de Jonathan, les petits cris de Bérénice et les embrassades des invités, l'atmosphère s'est très vite réchauffée.

— Mais pourquoi nous as-tu joué cette comédie.
— Juste un caprice de future maman. Je ne voulais pas faire d'annonce classique, je voulais du suspens. C'est réussi, non ? Le plus dur fut de ne pas rire.
— Vous savez que j'ai failli ne pas entendre cette annonce. J'ai été à la limite de partir. Mais je ne regrette pas de vous avoir écoutés jusqu'au bout et de m'être ressaisi.

Tout le reste de la soirée va se dérouler dans l'allégresse la plus totale et voir un Jonathan ravi se mettre au service de son épouse, lui interdisant tout effort. Il lui distribue toutes les marques d'affection qui lui viennent, que ce soit des bisous, des caresses ou même des compliments.

Elle va être mise sous écrin et il va lui falloir beaucoup de persuasion pour qu'il la laisse vivre un tant soit peu. Les mois vont passer, les examens se succéder, qui tous se révéleront normaux.

Et en ce jour attendu avec impatience, c'est un petit Louis bien tonique qui montre enfin le bout de son nez. Immédiatement, c'est le monde qui tourne autour de lui, même le soleil vient lui rendre visite, c'est peu dire.

Jonathan, lui est dans tous ses états. Il est papa d'un petit garçon qu'il aime déjà, mais qui ne saura sans doute jamais qu'il s'en est fallu de très peu qu'il n'ait jamais cette chance de naître. Mais cela, c'est l'histoire secrète de papa et maman et ne le regarde nullement.

Ce petit garçon qui fait la joie de toute la famille, va aussi bien vite devenir le centre de toutes les préoccupations. Le moindre écoulement nasal, le petit bouton qui apparaît, cette toux qui se manifeste, présentent à leurs yeux un danger tel que la mobilisation d'un spécialiste doit être requise. Mais heureusement, après quelques expériences de ce genre, ils apprendront à maîtriser la gestion de ces mini drames et sauront suivre au mieux la croissance du bébé. Et ce bébé, il croît vite, devient un petit enfant, apprend la marche, maîtrise la parole, monte pour la première fois sur un vélo et fête ses six ans sans même que la famille ne se soit rendue compte du temps qui passe.

Et puis arrive la scolarisation de Louis, l'apprentissage de l'écriture, de la lecture.et du reste. A cet exercice, l'enfant se montre assidu.

Et les années vont se succéder avec la même réussite, à la grande satisfaction de ses parents qui voient en lui le futur successeur de son papa à la tête de l'entreprise.

Mais ce qui tracasse le plus Bérénice aujourd'hui, c'est cette énième crise de migraine qui la cloue au lit. Elle en a l'habitude, deux cachets à avaler et deux heures après, même sans être au sommet de sa forme, elle retrouve ce minimum de vaillance qui lui permet de se rendre à la galerie. Mais cette fois-ci, cette seule prise de médicament ne lui suffit pas et elle devra se résoudre à une seconde prise de substance et attendre encore plus de temps pour obtenir l'effet désiré. Elle fait part de son désarroi à Jonathan qui lui suggère d'attendre la prochaine crise, de bien en observer le déroulement, et ensuite, si le besoin s'en fait sentir, il sera toujours temps consulter son médecin pour obtenir les réponses souhaitées, ce qu'elle accepte de bonne grâce, d'autant dit-elle, que les crises maintenant sont de plus en plus rapprochées.

Ces propos alertent plus qu'il ne veut le laisser voir, un Jonathan perplexe qui lui aussi à bien remarqué la fréquence anormale de ces crises. Revenant sur ses propos rassurants de l'instant d'avant, il lui propose de ne pas attendre et de consulter son praticien sans tarder. Celui-ci, trois jours plus tard, s'appuyant sur le constat de sa patiente, et sur sa propre expérience de plus de vingt ans de médecine la rassure, lui change la médication arguant du fait que le corps s'est sans doute habitué à l'ancien traitement et ne réagit plus. Il lui conseille bien, tout de même, en cas d'insatisfaction de revenir le voir. Elle sort réconfortée de cet entretien et se montre même impatiente à l'idée de l'arrivée de la prochaine crise. Elle devra toutefois patienter un mois et demi avant de pouvoir tester l'effet de sa toute nouvelle posologie. L'heure qui suit l'ingestion de ce nouveau remède est un enfer pour la jeune femme. Elle ne quitte pas sa montre des yeux, suit l'évolution du mal en densité, plus ou moins mal, depuis quand ? Une heure trente déjà depuis la prise et le résultat n'est toujours pas probant. Elle tente de se lever, mais le vertige qui la surprend la laisse clouée au lit. Maintenant, elle panique, deux heures après l'administration, son état ne s'améliore pas. Elle sait qu'elle ne pourra pas se lever aujourd'hui, elle voudrait que Jonathan soit là, qu'ils fassent une dernière fois l'amour. Mais elle ne l'appellera pas. Cette dernière pensée lui ramène la lucidité. Puisqu'elle a pu penser à cela, c'est que son état ne peut pas être aussi grave qu'elle ne l'imagine, alors, elle va se le prouver. Lentement, elle se redresse, s'assoit dans le lit, attend quelques secondes se lève et attend encore quelques secondes avant de faire les premiers pas. Tout se déroule bien, aucun trouble de la vision, pas de vertige et un esprit qui redevient clair et une envie irrépressible l'étreint. Elle appelle son mari, il faut qu'il la rejoigne au plus vite, c'est urgent.

Dans l'attente de son arrivée, elle se précipite vers sa boîte de médicament, en extrait la notice, recherche les effets indésirables qui lui apprennent qu'effectivement, la prise de cet ingrédient peut entraîner des vertiges. Là, franchement, elle se sent rassurée et impatiente de se retrouver dans les bras de Jonathan.

Après l'appel de Bérénice, lui ne se sent pas très bien. Jamais elle ne l'appelait au travail, et surtout, jamais il ne l'avait sentie aussi angoissée. Comme ce matin, il l'a quittée souffrante, il craint le pire. Il prend aussitôt la décision de répondre favorablement à la demande de son épouse, prend les dispositions nécessaires pour palier à ce départ précipité et se rend aussi vite que possible auprès d'elle.

A son grand étonnement, il la trouve en pleine forme, guillerette, et elle lui tombe dans les bras dès qu'elle l'aperçoit.

- Je ne comprends pas Bérénice, tout à l'heure au téléphone, tu m'as paru complètement paniquée. Là heureusement, je te trouve heureusement en pleine forme.
- Je vais t'expliquer.

Et elle lui explique la prise du nouveau remède sans avoir pris le soin de bien lire la notice, et les conséquences qui allaient en découler.

- J'ai, à un moment cru que ma dernière heure arrivait. C'est à ce moment là que je t'ai appelé car je n'avais pas l'intention de partir sans avoir fait l'amour une dernière fois avec toi.
- Après, tu lis la notice, tu t'aperçois que tu viens d'être victime d'un effet indésirable, tu retrouves la forme et tu me laisses dans mon inquiétude.
- Tu n'as rien compris, oui, la peur m'a quittée, mon envie de vivre est revenue, et avec elle ce besoin de faire l'amour avec toi, là, tout de suite, comme si c'était la première fois.

Les deux corps enchevêtrés s'ébattent sur un lit qui ressemble vite d'avantage à un champ de bataille qu'à un lieu de repos.

Enfin rassasiés l'un de l'autre, ils se regardent comme deux collégiens qui viennent de franchir le pas pour la première fois. Ils se mettent à rire, comme avant, quand ils n'étaient encore que complices et qu'ils se racontaient leurs histoires, celles là même dont ils ne pouvaient pas parler à leurs parents. Mais l'heure de se quitter est venue, jusqu'au soir, Jonathan dois retourner au travail. Bérénice, elle, ne se rendra pas à la galerie aujourd'hui, Chloé à l'habitude de gérer ces absences là, et les comprend bien. Mais elle aurait bien voulu que Jonathan reste à ses côtés pour qu'elle puisse ronronner au creux de son épaule. Mais elle comprend aussi ses impératifs. Après un dernier baiser et l'assurance donnée qu'il serait bientôt de retour, il franchit la porte. Elle entend la voiture démarrer puis s'éloigner. Elle vient de passer un bon moment. Ce soir Louis ira dormir chez ses grands-parents et ce n'est pas un quart d'heure où même une heure qu'elle va lui consacrer, mais toute la nuit.

Inutile pour Jonathan de chercher à se consacrer à l'un ou l'autre des dossiers sui s'entassent sur son bureau. Il sent encore la chaleur de la peau de sa femme contre lui. Il entend encore les mots qu'elle lui susurrait à l'oreille pendant l'étreinte. Elle avait raison, il aurait dû rester près d'elle. Mais, il avait pris la décision inverse, et il devait l'assumer. Elle ne perdait rien pour attendre.

Et l'après-midi va s'écouler, sans rythme, avec pour seul but, faire de la présence, tant son esprit est loin de ce bureau. Le corps est là, oui, mais l'esprit, lui est resté là-bas, auprès de Bérénice.

Il va encore se passer deux bonnes heures avant que l'un puisse rejoindre l'autre et une autre histoire pourra commencer.

Jonathan vient de rentrer, il appelle Bérénice, mais sans obtenir de réponse. Il ne s'inquiète pas outre mesure. Il connaît le scénario. Dans cinq ou dix minutes tout au plus, ils seront de nouveau réunis et feront l'amour. Il savait, il allait visiter les pièces, la chercher, elle allait surgir de nulle part, lui sauter dessus et cela allait se terminer comme d'habitude, dans la chambre.

La recherche commence, elle ne va pas durer très longtemps. Et c'est lui qui la trouve.

Mais là, il n'est plus question de jouer. Il la découvre allongée à même le sol, inanimée. En chutant, elle a heurté le coin de la table basse du salon et s'est ouvert la tête sur deux ou trois centimètres, ce qui explique le sang sur l'arrête de cette table. Heureusement elle est tombée sur le côté et se trouve donc en sécurité. Rapidement, mais avec beaucoup d'anxiété, il lui cherche le pouls, vérifie la respiration qui lui paraît régulière. En ce qui le concerne, il ne peut plus rien faire, si ce n'est appeler de l'aide. Elle arrivera dans les dix minutes qui suivent son appel et Bérénice sera emmenée aux urgences de l'hôpital qui se trouve à une dizaine de kilomètres. Il l'y rejoindra après avoir prévenu tous ses proches et surtout assurer le retour de l'école de Louis.

Bérénice n'a pas repris connaissance et les urgentistes qui l'ont prise en charge attendent avec impatience l'arrivée de son mari pour en savoir plus sur l'histoire de leur nouvelle patiente qui dans un premier temps va être soumise aux examens que son état nécessite. Pendant ce laps de temps, Jonathan, dès son arrivée sera conduit auprès du médecin en chef qui assurera la suite de la mission qui lui a été confiée.

En entrant dans ce bureau, ce n'est pas un, mais deux hommes et une femme qui le reçoivent. La femme se présente comme celle qui est chargée de la prise en charge de son épouse.

– Asseyez-vous je vous prie. Pouvez-vous nous dire de quoi souffre exactement votre épouse ?
– Elle se plaint de migraines à répétition et vient, sur décision de son médecin traitant, de changer de remède. C'est la première fois qu'elle l'utilise.
– Quand l'a-t-elle utilisé pour la première fois, je veux dire vers quelle heure ?
– Ce matin, après mon départ, mais je ne pourrais pas vous donner l'heure exacte.
– Ce médicament, quel est-il ?
– Je me doutais que vous en auriez besoin, alors je l'ai amené.
– Bien merci. Vous permettez que je réponde, on m'appelle. Oui ?....On me dit que madame Thévonin vient de reprendre connaissance et vous réclame auprès d'elle. Allez la rejoindre. On se reverra plus tard lorsque nous en saurons plus.
– Merci, à plus tard, donc.

C'est un Jonathan rassuré mais interloqué par ce comité médical, qui se précipite pour retrouver son épouse.

- Bérénice chérie, comment vas-tu ?
- J'ai connu des jours meilleurs.
- Que t'est-il arrivé ? Tout allait bien pourtant, non ?
- C'est vrai, après ton départ, après que, oui enfin bon, après je me sentais au mieux de ma forme. Je décide donc de descendre dans le salon, de regarder un film. Je me voyais déjà, allongée sur le canapé, et puis plus rien et quand j'ouvre les yeux, je me retrouve ici, face à des gens qui ne savent que me répéter que je suis là uniquement parce que tu leur as demandé de l'aide. C'est vrai ?
- C'est rigoureusement exact. Lorsque je suis rentré, ce soir, je t'ai trouvée tombée au sol mais je ne sais pas depuis combien de temps tu étais restée là. Tu sais que je ne regarde jamais l'heure quand je suis auprès de toi. Et lorsque je suis rentré je n'ai pas regardé l'heure qu'il était. J'avais d'autres urgences à gérer. Au fait, ta tête, tu saignais quand je t'ai secourue, ça va mieux ?
- Ils m'ont posé trois agrafes, ce n'est rien. Ce qui les inquiète le plus, ce sont mes maux de tête à répétition et ce médicament que je prends.
- Je sais, ils m'en ont parlé.
- Ah ! bon. Rassures moi, tu ne leur as rien dit au sujet de cet effet secondaire qui n'a rien d'indésirable.

Ils sont encore en train de rire quand le docteur en chef fait son entrée.

– Vous permettez, madame Thévonin que j'emmène votre mari avec moi, justes les papiers à remplir.

– Oui, mais à une condition, ne le gardez pas trop longtemps.

– Je vous le promets.

Ile reprennent le même chemin que tout à l'heure, pas du tout celui des admissions. Il ne se sent pas bien, Jonathan, il pâlit à vue d'œil. Ils entrent dans le même bureau où se tiennent les deux mêmes hommes que tout à l'heure et les mines qu'ils affichent ne laissent aucun doute sur la nature du discours qui va suivre.

Cette fois-ci, la femme va céder la parole à l'homme de droite.

– Je suis le professeur Maximilien Corfac et le cas de votre épouse nous inquiète, mes collègues et moi. Le malaise de ce jour a été causé autant par la médication que par cette grosseur révélée par les examens de toute à l'heure. Le docteur Jicourt opte pour les conséquences de la chute alors que ma consœur Duruix opterait plutôt pour une tumeur dont la malignité resterait à prouver. Ne traduisez pas mes paroles par ''c'est un cancer'', je n'en sais rien, seuls les examens qu'elle va subir demain nous en diront plus. Surtout, dites lui bien que nous la gardons ce soir pour qu'elle subisse

92

des examens complémentaires qui nous permettront sans nul doute de mettre en place un protocole pour la débarrasser de ces migraines qui lui gâchent la vie, et rien d'autre. Quoique nous ayons à lui dire, nous lui dirons nous-mêmes, demain avant sa sortie. Le mieux serait que vous soyez présent.

– N'en doutez pas, je serais là.

Il est pétrifié par ce qu'il vient d'entendre et il hait cet homme. S'il ne sait pas, alors qu'il se taise. Maintenant il lui a mis le doute. Peut-être que c'est, mais surtout ne dites pas que c'est. Quand on ne sait pas, on se tait. Il est furieux contre ce médecin. Et si demain, il dit, désolés, nous nous sommes trompés, nous n'aurions pas dû être aussi alarmistes, il lui dira alors tout le bien qu'il pense de lui et il espère bien qu'il aura à le faire. Il entre dans le box où Bérénice est encore installée.

– Excuse-moi, mais il y avait beaucoup de monde devant moi, ce qui explique la longueur de mon absence.

– Ne t'excuses surtout pas, regarde, je suis bien installée, on dirait une princesse. Fais-moi un bisou. Ah !, il faut que je te dise, ils attendaient ton retour pour me monter dans une chambre. Le bisou va attendre, mais je n'oublierai pas, soit tranquille.

– Comme tu restes ici, je reste aussi, comme à l'hôtel.

– Je crains bien que ce ne soit pas possible. Tout d'abord, il y a Louis qui doit se poser beaucoup de questions et que tu dois rassurer, sans parler de nos parents. Je vais mieux. La preuve, si nous étions à la maison, je serais en train de m'occuper de toi. Ma frustration de passer la nuit ici vient de là. Donc, on monte dans mes appartements, bisous, tu rentres, tu rassures tout le monde, et demain tu viens me chercher. On est d'accord ? Allez, bisous, vite.

Un qui se trouve un peu gêné, c'est ce brancardier qui se trouve mis en présence d'une scène qu'il a peu l'habitude de voir. Il cogne à la porte pour signaler sa présence. Le bisou s'en trouve écourté d'autant.

Le retour va être d'une pénibilité absolue. Il ne cesse de se répéter encore et encore le discours qu'il va tenir à sa famille. Et cette nuit, dans un lit où il ne sentira pas la présence de son épouse, sera véritablement un calvaire. D'ailleurs, il dormira dans le canapé. Oui, ce sera mieux ainsi quoi que, c'est justement l'endroit d'où Bérénice est tombée. Alors pourquoi pas dans la chambre d'ami. Oui, mais un grand lit pour lui tout seul, le même d'ailleurs que celui de leur chambre, est-ce bien ce qu'il recherche ? Et puis, a-t-il réellement le besoin de dormir ? Non, trop de questions se bousculent dans sa tête. Et tout d'abord, ce Corfac, ne sait-il rien ? Ne l'a-t-il pas plutôt préparé à entendre un discours plus inacceptable ?

Finalement cette soirée s'est plutôt bien passée, si l'on fait abstraction de l'absence de la maîtresse de maison. Et le petit Louis, avec toute l'insouciance de l'enfance, attend le lendemain pour faire un gros câlin à sa maman.

A quinze heures précises, il fait son entrée dans la chambre où l'attend une Bérénice qui se montre impatiente de rencontrer le professeur Corfac qui devrait lui délivrer la vérité. Justement, on frappe à la porte, et entre celui qu'elle attendait.

– Bonjour, madame, monsieur. Je sais que vous attendez des réponses. Je n'en ai qu'une. La masse que nous avons détectée n'est pas consécutive à votre chute.

– Donc, j'ai une tumeur au cerveau, je ne me trompe pas ?

– Le terme est exact, bien que générique. Le plus important est le qualificatif que nous allons lui attribuer et là je n'aurai la réponse que dans quelques heures.

– Imaginons que le qualificatif comme vous dites ne soit pas le bon. Combien de temps me resterait-il à vivre ?

– Madame, vous allez beaucoup trop vite. Si vous saviez le nombre de possibilités qu'il me faut analyser encore avant même de parler de traitement, imaginez la complexité de votre demande. Je ne veux pas m'avancer mais je pense qu'en ce qui vous concerne, si on prend comme étalonnage l'année, on peut parler, en attendant les résultats de deux à soixante années. L'échelle est large, mais je ne peux pas être plus précis. Attendez encore soixante douze heures nous aurons alors un diagnostic beaucoup plus fiable.

– Je vous remercie Docteur.

Le retour se fait dans une bonne humeur relative et Bérénice fait alors une confidence à son mari. Hier, avant son accident, elle avait une envie folle de se retrouver seule en tête à tête avec lui et compte tenue de l'actuelle situation dans laquelle elle se trouve, elle ne doit négliger aucune occasion. Alors, une petite bifurcation vers le chalet du lac s'impose. D'abord réticent, il finit par se laisser convaincre. Sur place, si Bérénice est prête, lui l'est beaucoup moins. Mais elle le connaît bien, sait comment exploiter ses points faibles et va rapidement l'amener au point de surchauffe et ils vont tout les deux, une fois encore, marcher sur l'eau. Elle en a cure de cette satanée tumeur, Bérénice, mais là, maintenant, cette vague de plaisir qui la submerge, personne ne pourra lui reprendre. Satisfaite, elle lui glisse à l'oreille :

– Et ça, c'est juste l'apéritif.

L'espace d'un instant, il en a oublié tout ses tracas. Avec cette vitalité, pourquoi ne pourrait-elle pas vivre encore longtemps. Alors, puisqu'elle vient de lui servir l'apéritif, il lui réserve pour ce soir le plat de résistance et le dessert en prime.

Soixante douze heures plus tard, ils se retrouvent dans le bureau du Professeur Corfac. Il est seul cette fois-ci et la mine qu'il affiche ne leur laisse rien de bon à présager.

– Je ne vous cacherai pas plus longtemps que les nouvelles que j'ai à vous annoncer ne sont pas exactement celles que j'aurai souhaitées vous délivrer. Votre tumeur, madame, est maligne. Je ne vous annonce pas une mort prochaine, loin de là. Cela n'empêche que moins de temps nous perdrons, plus nos chances de victoire grandiront. C'est la raison pour laquelle j'ai pris la liberté de programmer trois examens complémentaires entre aujourd'hui et demain. Vous pouvez si vous le souhaitez rentrer chez vous après le premier d'entre eux qui doit avoir lieu dans une heure où choisir de rester parmi nous.

– Je ferai l'aller et retour.
– Entendu.
– Dans combien de temps serez-vous fixé ?
– Disons milieu de la semaine prochaine, mais je vous en supplie, surtout, vivez comme bon vous semble, ne changez rien. Il va falloir vous battre, je serai à vos côté, mais n'oubliez pas, le général, celui qui va remporter la bataille, se sera vous et vous seule, moi, je ne serai qu'un exécutant.
– Je vous remercie, c'est exactement le discours que j'avais besoin d'entendre. Soyez tranquille, je ne vais pas baisser les bras.

Jonathan, lui, est dévasté par cet entretien. Si elle est déjà dans le combat, lui est plus pessimiste. Même si elle est promue au rang de Général, elle sait bien qu'un général peut aussi perdre une bataille. Mais elle ne rendra pas les armes sans avoir lutté. Et s'adressant à Jonathan.

- Chéri ?
- Oui ?
- Dorénavant, tu m'appelleras ma générale, s'il te plaît.

Il préfère en rire, et puis c'est elle qui a raison, autant profiter du temps présent.

Une semaine vient de passer depuis les examens et les nouvelles ne sont pas bonnes. Le professeur Corfac qu'ils viennent de rencontrer se montre pour la première fois plus mesuré. Il ne parle plus en années mais en mois, pour voir l'évolution du mal. Il laissera même échapper qu'il se répand très vite et qu'il n'est pas certain que les contre-attaques qu'il va entreprendre se montrent forcément efficaces, le temps lui faisant défaut. Jonathan est dévasté. Bérénice, elle, fait front. Et quand commence la bataille ose-t-elle-même.

Mais la bataille finale est perdue avant même de commencer. L'état de Bérénice va se dégrader très vite et le traitement, de curatif passera au palliatif. Son choix sera de rester chez elle, auprès des siens.

Depuis trois jours, Jonathan dort dans le fauteuil, à ses côtés

Ce matin là, elle le réveille d'une voix à peine audible.

– Jonathan, une dernière fois, embrasse-moi, pour de bon.
– Pourquoi, la dernière fois ?
– Embrasse-moi, veux-tu ?

Il s'exécute, elle lui rend son baiser, se cabre, ses bras se tendent et il la sent se détendre. C'est fini, Bérénice est partie. Elle le laisse seul avec ses souvenirs.

– Bérénice, Non, tu ne peux pas, reviens.

Il ne lui cause pas, il hurle, il pleure. Il pleure son épouse mais pas que, c'est toute son enfance sa jeunesse, son adolescence, ses secrets.

– Bérénice, ne pars pas sans moi, s'il te plaît, emmène moi avec toi, je t'aime.

Pour la première fois, Bérénice ne lui répondra pas. Elle ne lui répondra plus jamais.

Même Louis, réveillé par les cris de son père est accouru et retrouve ses grands-parents. Il s'approche, prend son papa par le cou et demande :

– Maman est partie, papa ?
– Oui, mon chéri et elle m'a demandé de te faire un gros bisou.
– J'aurai bien voulu lui dire encore une fois combien je l'aime.
– Tu peux, tu sais je suis certain qu'elle est là, qu'elle t'entend.
– Je t'aime maman, je t'aime.

Antoine juge qu'il est maintenant beaucoup plus sage d'emmener le petit garçon hors de cette chambre.

C'est tous ces bons souvenirs que Jonathan ressasse maintenant en boucle. Il porte en lui le dernier souffle de vie de Bérénice, celui qu'il a recueilli lors de leur dernière étreinte. Vingt quatre heures il va rester à son chevet, tantôt lui reprochant de ne pas l'avoir emmené avec elle, tantôt la remerciant pour toutes ces années de bonheur. Il le sait, bientôt il devra quitter cette chambre et la laisser, là, toute seule, dans la pénombre. Sur cette table de soin, il y a là encore toute la pharmacie de la défunte. Depuis de longues minutes, il l'observe, s'interroge. Et oui, la solution est là. Il remplit son verre, s'empare de deux boîtes de médicaments, vide les gélules dans le creux de sa main. Bientôt, il la rejoindra.

– Non, Jonathan !

Ce cri l'arrête dans son mouvement. Il se retourne, mais la pièce est vide. Pourtant ce cri strident, il ne l'a pas inventé. Alors, Bérénice, ce ne peut être qu'elle mais pourquoi ne veut-elle pas de lui ? Est-ce elle qui lui souffle la réponse ou la lucidité qui lui revient ? Louis, bien sûr qui est le cadeau suprême qu'elle lui laisse. Il va avoir besoin de son papa, à dix ans, on ne comprend pas encore tout. Et puis, en même temps, elle lui a offert dans ses derniers instants, son ultime souffle de vie, celui là même qu'il porte maintenant en lui, ce n'est pas pour que ce souffle s'éteigne aussi vite.

Il se rapproche du lit où repose le corps de sa femme, il s'agenouille, lui dépose ce baiser au coin des lèvres, celui-là même qui les avait interloqués la première fois. Il se relève.

– Merci, chérie, je vais prendre soin de notre fils. Je t'ai compris. Je t'aime, on se reverra le moment venu.

Il se retourne, se dirige vers la porte, laissant derrière lui son épouse reposer en paix. Il ne rentrera plus jamais dans cette chambre, autrement que pour l'ouverture et la fermeture des volets et la fleurir deux fois par semaine. Cette pièce restera dans l'état où Bérénice l'a laissée. Même les médicaments resteront à leur place. Seul ajout à ce sombre décor, une urne qui trônera sur la table de nuit de Bérénice. La chambre sera fermée et personne sauf lui n'en possédera la clé. Elle va devenir leur lieu de rencontre et de confidence entre lui et elle, comme au début.

Bien que le cœur ne soit pas vraiment à l'ouvrage, il doit s'y remettre. Tous ceux qui le côtoient habituellement remarquent la dureté du regard. La lueur qui éclairait ses beaux yeux bleus a complètement disparu. Le sourire qu'il affichait et faisait se pâmer de nombreuses femmes a fait place à une sorte de grimace. Il sait tout cela mais peu lui importe. Il est en mission ici bas, il la remplit. Un point c'est tout.

Une année déjà que Bérénice a quitté ce monde. Imperceptiblement Jonathan, sans rien oublier, sans rien renier, vit sa traversée du désert. Il est seul dans sa tête et il comprend qu'il n'emprunte pas le bon chemin. Il vient de passer un an à négliger ses affaires, à laisser tout le travail à son père et à ses adjoints. Il a la chance d'être le fils du patron, car ailleurs, il aurait déjà été licencié. Quand il pense à Louis, ce n'est guère plus brillant. Ce petit garçon vit la semaine chez ses grands-parents, soit les Thévonin, soit les Docart et il n'est pas rare qu'il n'aperçoive pas ou très peu son père le week-end. En fait, ce cadeau, il l'ignore. Cette pensée lui glace le sang.

C'est un Jonathan plein de vigueur qui entre sans frapper dans le bureau de son père, heureusement seul à ce moment précis.

- Papa, il faut que je te parle.
- Vas-y, je t'écoute.

– Il faut que je me reprenne en main. Je dois te dire merci de m'avoir supporté dans cet état aussi longtemps. Je viens de comprendre que je ne pouvais pas me cantonner éternellement dans mes souvenirs qui sont en train de me détruire, même s'il est impensable que je puisse ni veuille un jour les oublier. Ils me sont trop précieux.

– Attend, deux secondes, veux-tu.

Il décroche rapidement son téléphone et donne comme consigne à sa secrétaire de ne le déranger sous aucun prétexte, d'annuler tous ses rendez-vous de l'après-midi. Et pour être certain de rester concentré sur l'entretien qui s'annonce difficile, il débranche même son combiné. Il prend soin de tirer les rideaux des fenêtres qui donnent sur les services.

– Maintenant, si tu le veux bien, nous pouvons continuer. Je suis prêt à t'accorder tout le temps que tu voudras. Mais saches que nous ne parlerons ici que du cadre professionnel. Pour ce qui est de la famille et de Louis en particulier, c'est ailleurs que nous devrons en parler et pas seulement tous. les deux.

– Je suis d'accord, papa, avec toi. Si je viens d'enfreindre une règle qui veut que l'on n'entre pas comme cela dans le bureau de son patron comme je viens de le faire, sans se faire annoncer, je veux bien m'en excuser. Je viens de vivre une année tout seul, en pensant tous les jours à Bérénice, toutes les nuits aussi où je la sens à mes côtés. Mon deuil n'est pas fini, je crains même qu'il ne se termine jamais,

mais je dois aussi vivre parce qu'elle me le demande. Je ne peux pas lui refuser cela.

Horrifié, il découvre comment son fils a voulu rejoindre sa compagne dans la mort.

— Jonathan, tu te rends compte de ce que tu me dis. Tu as voulu en finir une fois pour toute, j'ai bien compris.
— Oui papa, mais tranquillises-toi, c'est du passé. Si je veux m'en sortir, je n'ai pas le choix. Je dois me remettre au plus vite au travail et retrouver ma famille, mon fils d'abord, vous mes parents et aussi mes beaux-parents. Je ne peux pas te promettre de retrouver tout mon entrain d'avant, mais ma force de travail, oui. Le travail d'ailleurs va m'aider à surmonter définitivement cette épreuve. Mes week-end, dorénavant, c'est avec Louis que je vais les passer, mais de cela tu as raison mieux vaut en parler ailleurs. Pour le travail j'ai des grands projets et c'est de cela que je veux parler maintenant avec toi. Tu te rappelles du projet avorté de filiale chinoise. Je voudrais le remettre au goût du jour. Nous en étions restés à la phase pécuniaire du dossier. La santé financière de l'entreprise devrait avoir raison de cet obstacle, et arrête moi si je me trompe.
— Que tu te trompes ou pas, il faudra bien aborder en priorité cet aspect des choses.
— Je suis d'accord, je suis prêt à te concocter mon plan et te le présenter dès qu'il sera prêt, mais tout de suite, dis-moi si tu consens à envisager une structure de trois à quatre personnes disponibles à plein temps autour de moi

pour se concentrer uniquement sur ce projet qui devra englober aussi, selon moi, nos relations clients et fournisseurs sur ce pays.

– Présente moi ton plan et on en reparle.
– Merci papa, je me mets tout de suite au travail.

Cette idée ne lui a jamais plu à Antoine. Il en avait bien parlé il y a quelques années, mais sans réel désir de concrétisation, mais après ce qu'il vient d'entendre au sujet de la tentative de suicide de son fils l'incite à lui donner plus d'autonomie et de responsabilité. Seul inconvénient, et pas des moindres, le rapprochement entre lui et son petit-fils pourrait bien rester lettres mortes.

Totalement investi dans ce qu'il subodore existentiel pour l'entreprise, Jonathan se consacre entièrement, en un premier temps, à la constitution de son équipe. Pour réduite qu'elle sera, elle devra allier compétence et disponibilité. Que ce soit pour les secteurs prospection et organisationnel, il n'éprouve absolument aucun problème pour remplir son organigramme, mais son exigence pour celle de secrétaire traductrice se révèle plus ardue. Aucune des possibilités envisagées ne peut le satisfaire. Il décide de laisser en suspens ce poste pourtant primordial à ses yeux.

Il mettra encore trois mois pour finaliser un dossier qui puisse être présentable et surtout acceptable par son père.

Mais il reste présent à son esprit, ce poste à fournir. Pour une mission ponctuelle, il pourra toujours compter sur

Jeanne qui lui offre une sécurité à toute épreuve. Cependant, cette solution est intenable sur la durée. Tout d'abord, Jeanne est la patronne du pool secrétariat et ses absences répétées en raison des voyages se montreraient préjudiciables à la bonne efficacité de son service. Plus important encore, elle manifeste depuis plusieurs mois sa volonté de jouir d'une retraite bien méritée pour profiter enfin de sa famille. Moins important, mais tout aussi handicapant, Jeanne à une grande frayeur du type de transport nécessaire à ce long périple. A peine installée dans l'avion, elle se montre incapable, malgré des prises médicamenteuses, de surmonter ses peurs, elle se crispe, accroche le bras de son voisin et ne le lâchera plus jusqu'à l'arrivée. Elle n'est pas la seule voyageuse à souffrir de cette peur viscérale de l'avion, peur dont certains hommes sont aussi victimes. Elle a bien suivi un stage auprès d'une compagnie aérienne, elle a découvert toutes les capacités de l'appareil et de son équipage, mais rien n'a pu la rassurer.

C'est la raison pour laquelle elle a proposé son aide à Jonathan sous la forme d'une proposition. Elle a repéré au sein même de l'entreprise une jeune fille qui, à ses yeux, présente toutes les qualités requises pour assumer au mieux les exigences du poste. Il s'étonne de ne pas connaître cet élément de valeur.

— Comment se fait-il que l'on ait pu embaucher une employée sans qu'elle ait été présentée à la direction, Jeanne ? Je vous écoute.

- Elle l'a été, monsieur, et à vous-même, mais excusez moi de vous le dire, vous n'y avez prêté aucune attention et elle l'a bien remarqué.
- Comment s'appelle cet élément d'exception, quel âge a-t-elle et depuis combien de temps émarge-t-elle chez nous ?
- Elle se nomme Amandine Delzieux, montre des qualités certaines et depuis huit mois qu'elle est parmi nous, elle en sait plus que certaines qui sont ici depuis plusieurs années.
- Votre intervention me prouve à quel point il est grand temps que je me réinvestisse dans la vie de cette entreprise. Si vous le voulez bien, je vais sur le champ recevoir cette fille. Quel âge a-t-elle ? Vous ne m'avez pas renseigné à ce sujet.
- Excusez-moi, elle a vingt ans.
- Demandez-lui de se joindre à nous, je vous prie.

La jeune fille qui se présente à eux, dans ce grand bureau semble inquiétée par cette convocation impromptue. Et le regard inquisiteur que porte sur elle cet homme si proche de la direction et qui deviendra plus tard, elle le sait, le grand patron, ne la rassure pas d'avantage. Cet examen va durer un certain temps qui lui paraît une éternité.

- Asseyez-vous, mademoiselle. Merci. Votre responsable vient de me dresser un portrait flatteur de vous et

108

je souhaiterais que l'on en parle. Tout d'abord, présentez-vous.

Elle a failli lui répondre qu'elle l'avait déjà fait, qu'il ne l'avait pas écoutée, mais préfère ne rien en faire.

– Je m'appelle Amandine Delzieux, j'ai vingt ans et

– Ce que vous venez de dire, je le sais. Dites-moi plutôt comment vous vivez votre présence parmi nous, ce que vous attendez de nous et ce que vous êtes capable de mettre en œuvre pour nous satisfaire.

– Depuis mon embauche, je me sens très bien. Je suis très bien acceptée, mais j'attends plus. Pour se faire, j'entends bien mettre tout en œuvre pour progresser.

– Mademoiselle, je vais vous paraître direct. Vous êtes ici pour une seule bonne raison. Je recherche, pour un poste que je dois créer, une personne dont le profil, selon votre responsable, vous correspondrait. Ce poste, tel que je le conçois demande de la responsabilité, de la disponibilité et une bonne dose d'abnégation. Il demande une très grande connaissance de notre activité et je pense offrir ce poste à un employé ou une employée de niveau maîtrise ou cadre. Vous ne remplissez, à mes yeux, aucune de ces cases. Pouvez-vous me donner de bonnes raisons de revenir sur mon jugement.

– Pourrais-je savoir dans quel cadre je devrais agir. Je précise que je parle l'anglais parfaitement.

– En ce qui concerne l'anglais, mademoiselle, je le parle très bien et je ne suis absolument pas à la recherche d'un collaborateur qui excelle dans cette langue.

Le visage de la jeune fille, déjà fermé depuis son arrivée trahit maintenant l'incompréhension de sa présence dans ce bureau. Il ne le remarque pas, concentré qu'il est le contenu même de l'entretien.

Quant à Jeanne, spectatrice d'une joute où elle espère la victoire de son poulain, elle se tient dans une neutralité de bon aloi.

– Excusez-moi, monsieur, je ne sais pas si cela est important pour ce poste, ni même si cela pourrait revêtir un quelconque intérêt, mais je parle aussi très bien le chinois.
– Pardon ?
– Je parle très bien le chinois, et depuis ma petite enfance. Un membre de la famille de mon père, ma tante, est chinoise. Je l'ai beaucoup fréquentée et j'ai appris avec elle.
– Vous remplissez une case. Tout à l'heure, je parlais des obligations inhérentes à ce poste, avez-vous bien compris et pesé correctement tout ce que chaque mot contient comme engagement.
– Monsieur, vous m'avez demandé il y a très peu de temps ce que j'attendais de cette entreprise et je vous ai répondu que pour recevoir, mieux valait commencer par donner. Cette mission, si elle m'échoit, quand commencera-t-elle ?

— C'est trop tôt pour en parler. On va se revoir, peut-être. Je vous remercie.

L'entretien est terminé. Sans se retourner, la jeune fille quitte le bureau. Il ne voit pas les larmes qui coulent le long de ses joues. Elle le sait, elle vient d'échouer. La chance ne se représentera pas.

Lui est circonspect. Elle lui plaît, cette fille, elle a de la répartie et surtout, elle parle chinois. Mais est-ce bien vrai ? A-t-elle bien mesuré l'ampleur de l'engagement et tout ce que cela implique. Décemment, il ne peut demander ce genre de sacrifice à une simple employée, même en lui promettant une prime. Il va appeler son ami Chang pour s'assurer d'une chose. Et ceci fait, il rappelle sa responsable.

— Jeanne, voulez-vous demander à Delzieux de venir me rejoindre tout de suite.

Il tient à mettre la pression sur la jeune fille afin de vérifier ses prétendues capacités à gérer ses émotions. S'il devait la nommer au poste dont ils viennent de parler, il vaudrait mieux qu'elle puisse supporter les imprévus et surtout y apporter les réponses qui conviennent.

De son côté, surprise de la demande de son patron, c'est avec encore plus d'appréhension qu'elle parcourt les quelques mètres qui séparent les deux bureaux.

C'est d'un ton autoritaire qu'il répond à la sollicitation d'entrer.

- Entrez.
- Vous m'avez demandée, monsieur
- J'aurai peut-être besoin de vous ce soir, si toutefois vous êtes disponible, j'attends une réponse d'un client.
- Je serai disponible.
- Merci, je vous rappelle dès que j'en sais plus.

Il est quinze heures, le personnel quitte les locaux à dix-sept heures. Il va attendre dix-huit-heures pour la rappeler.

Elle est anxieuse Amandine. Bientôt deux heures trente qu'elle vient d'avoir cette discussion avec son responsable. Elle ne sait plus quoi penser. Et puis, peut-être a-t-il même oublié sa présence. Elle a beaucoup de mal à se concentrer sur le travail qu'elle vient entreprendre. La réponse attendue vient sous forme d'un appel téléphonique reçu par Jeanne. Elle n'entend pas la question, seulement la réponse de Jeanne qui tient en deux mots : Oui monsieur. Et puis, plus rien. Encore dix minutes et le téléphone sonne à nouveau et toujours le sempiternel oui monsieur. Et enfin la délivrance.

- Amandine, monsieur Thévonin vous attend
- J'y vais, merci

Elle est nerveuse. Joue-t-elle son avenir maintenant ? L'entretien dont il lui a parlé va-t-il être maintenu, ou remis à plus tard, et en quoi d'ailleurs sa présence est-elle nécessaire. La réponse se trouve maintenant derrière cette porte. A peine entrée qu'elle se trouve confrontée, outre à son patron, à un inconnu, confortablement installé face à un Jonathan très attentif à la scène qui se déroule sous ses yeux.

Amandine sent les deux paires d'yeux qui ne la quittent pas. Bien que déstabilisée par cet accueil, elle se reprend très vite, s'avance vers le visiteur, le bras tendu :

– Amandine Delzieux, Bonsoir monsieur,
– J'ai effectivement demandé à Mademoiselle Delzieux de m'assister. Mon langage en anglais, n'est pas suffisamment riche pour me permettre de mener à bien l'entretien que nous devons avoir. Comme mademoiselle manie votre langue avec aisance, nous allons converser avec son aide.

Et l'entretien va se dérouler pendant deux heures. Elle va traduire encore et encore et les questions, et les réponses, à la grande satisfaction du visiteur surpris de la tournure des événements et surtout de la facilité avec laquelle la jeune femme s'est glissée dans la peau d'une traductrice aguerrie.

– Nous allons libérer mademoiselle Delzieux. Nous pourrons converser maintenant en anglais. Merci Mademoiselle, à demain.

— Bonsoir messieurs

Ils laissent le temps à la jeune fille de sortir, de s'éloigner et se congratulent.

— Alors, Ling, que penses-tu de ma nouvelle perle ?

— Tu la vires, tu me préviens, je l'embauche. Elle parle ma langue mieux que moi. Je lui ai tendu des pièges, elle les a tous évités, j'ai répondu à côté de tes questions, elle m'a gentiment repris. Non vraiment, soit tranquille. De plus, à la fin, je lui ai proposé de se joindre à nous au restaurant et d'aller prendre un dernier verre après ton départ, elle a refusé les deux invitations, la dernière d'ailleurs avec beaucoup de véhémence. Franchement, je suis complètement convaincu de la valeur de cet élément, du moins en ce qui concerne la partie verbale. Maintenant, si tu le veux bien, allons dîner, c'est moi qui paye.

Il a passé toute la soirée à se faire expliquer toutes les questions posées par son ami à la candidate et analyser les réponses apportées. Il a beau chercher l'erreur, tant sur le plan verbal, comportemental ou même l'aisance, il ne trouve rien à redire. Pourtant, il ne lui a pas facilité la tâche. Même son entrée était une réussite. Elle aurait pu s'attendre à être présentée au visiteur. Au lieu de cela, c'est le silence qui s'était installé, mais pour très peu de temps. Elle avait pris la main très rapidement.

C'est tout cela qu'il vient d'exposer à son père qui reste malgré tout le décisionnaire. Lui se balance sur son fauteuil, le grand patron, l'air dubitatif :

– Tu te rends compte que nous jouons gros sur ce dossier. Tu connais mon sentiment depuis le début.et je n'en changerai pas. Mai j'ai confiance en toi, alors je vais te suivre. Mais cette fille, comment tu l'appelles, déjà ?
– Amandine, Amandine Delzieux, papa.
– Oui, donc cette fille, chez nous n'est qu'une employée de base dont l'ancienneté se mesure en quelques mois. Le poste pour lequel tu cherches un ou une titulaire ne correspond absolument pas à ses qualifications actuelles. Tu es bien conscient qu'en t'obstinant, tu devras faire passer cette fille de simple statut employé à celui de cadre. Tu mesures bien le gouffre qui sépare ses deux fonctions. J'ai envie de te dire de chercher une personne déjà rompue à ce genre de job. Oublie cette Amandine Delzieux, c'est plus raisonnable.

- Oui, j'entends bien tes réticences, mais si je lui refuse ce poste, elle n'a qu'un mot à dire et tous nos concurrents, Chang le premier, seront prêts à nous la souffler. Papa, Je me moque de tous les qu'en dira-t-on. C'est l'avenir de notre société qui est en jeu, l'avenir va se jouer là-bas, nous ne serons pas les seuls sur ce terrain, mais nous avons un atout maître en main et je trouverai stupide de nous en priver. Cette fille parle chinois, pense chinois, je l'ai vu, je l'ai entendu, et Chang aussi.

- Tu en prends la responsabilité entière. Envoie la moi. Tu la veux pour quand ?

- Juste après l'entretien, demain matin

- Je la recevrai donc demain matin en ta présence.

Le lendemain matin, à peine arrivée, La jeune Amandine se voit convoquée dans le bureau du grand patron.

– Bonjour mademoiselle Delzieux, mon fils vient de me résumer votre prestation d'hier au soir qui selon lui se révèle être une réussite. Je lui laisse la responsabilité de son jugement et il m'en sera toujours redevable. Je vais vous poser une seule et unique fois cette question. Vous rendez vous bien compte de toutes les responsabilités qui incombent à ce poste ? Je vais vous les rappeler. Vous nous devrez disponibilité, responsabilité, et autonomie. Etes-vous prête à en accepter tous les avantages, mais aussi les inconvénients qui sont nombreux et risquent d'altérer votre vie personnelle. Vous avez bien compris la portée de ma demande ? Vous n'avez pas toute la journée pour réfléchir. Sur le terrain il vous faudra faire preuve de beaucoup de réactivité.

– Je suis preneuse, Monsieur

– Alors, puisque vous êtes d'accord, suivez votre responsable, il va tout vous expliquer. Jonathan, on se voit après. Allez.

Tout se bouscule dans sa tête, à Amandine, elle a accepté ce poste dont elle ne sait rien, rien que pour ne pas donner raison au grand patron qui ne semble pas la tenir en bon estime. Il ne la connaît que peu et se permet de la rabaisser. Si à l'extérieur, elle laisse paraître un grand sourire, à l'intérieur, le sourire n'est que rictus. Ou elle parvient à tout comprendre de la mission qui va lui tomber dessus, ou alors, elle peut dire au revoir et pour longtemps à son travail.

Jonathan est quant à lui, certes à un degré moindre, dans le même état que sa nouvelle adjointe. D'accord, elle sait parler le chinois, mais saura-t-elle faire face, sur le terrain à tous les aléas de ce métier. Son expérience en la matière reste à prouver. Il aurait dû écouter son père. Que sait-il de cette fille. Il y a encore quarante huit heures, il en ignorait tout et aujourd'hui, la voilà sensée partir seule en chine, négocier avec les autorités, les convaincre, prendre des décisions qui engageront l'entreprise. Sans réseau, sans savoir faire, sans couverture, elle va se planter, c'est sûr. Il ne pourra pas être toujours derrière elle. Le mieux est de lui dire tout de suite que ce poste n'est pas fait pour elle, qu'il est le seul responsable de ce malentendu qui n'aura aucune répercussion sur son devenir au sein de la société. Il n'est pas certain que ces paroles pourront la réconforter. Mais il est sûr que son capital confiance va fondre comme beurre au soleil auprès de ses subordonnés. Dans quelle galère il s'est mis. Il la regarde, elle si confiante, sure d'elle, elle à qui pourtant il se prépare à annoncer son renoncement.

— Mademoiselle, il me vient un terrible doute et

— Vous vous demandez si votre choix est bien judicieux et la seule réponse qui vous vient est de tout arrêter, maintenant, doutant de la force et de la capacité de votre recrue à faire face aux difficultés qui l'attendent. Je sais que rien ne sera facile. Je sais aussi que je n'ai aucun droit à l'erreur et que je ne dispose d'aucun joker.

Là, il est bluffé, elle comprend tout, elle a remarqué son désarroi, elle appuie là où cela fait mal. Il lui faut se reprendre et vite. Ca va être dur mais il n'a plus le choix, sauf à se faire une mauvaise réputation qui le suivra jusqu'au bout.

– Vous vous méprenez complètement sur mes intentions, sauf qu'effectivement si je m'interroge, c'est tout simplement sur l'ordonnancement des points que nous allons devoir soulever. J'espère que je ne vais rien oublier. Mon père vous a fait part de ses réticences, à vous de les faire taire. Vous verrez, il saura reconnaître vos qualités. Au cours de cet entretien, vous avez forcément compris que votre situation professionnelle allait changer. Vous allez passer directement dans la catégorie cadre. Attendez-vous à entendre des choses désagréables à ce sujet. Si vous vous n'avez jamais entendu parler de la fameuse promotion canapé, vous allez entendre vos oreilles siffler. Ceci dit, dorénavant, moi c'est Jonathan, vous c'est Amandine. C'est une tradition chez nous et cela ne se substitue en aucun cas au respect que nous nous devons. La finalité de votre poste veut que vous puissiez, après une période certaine, vous rendre seule en chine, sans moi, pour parfaire la mise en place de notre filiale, mener les négociations avec les autorités locales. A terme, je vous rejoindrai pour les signatures. En un second temps, mais nous en reparlerons en temps utiles, nous pourrons envisager de revoir vos accréditations. Mais passons aux côtés pratiques, avez-vous un passeport, est-il en cours de validité, êtes vous à jour de vos vaccins, en clair, pouvez vous partir dès cet après-midi ?

- De ce côté-là, je suis prête, mais pour ce qui est de ma valise, ma foi

- Disponibilité, vous vous souvenez, prise de décision, ça vous rappelle quelque chose Amandine ?

- J'achèterai ce qu'il me faut sur place. Je dois juste faire un aller et retour chez moi pour récupérer mes papiers.

- Dernière fois que cela arrive, Amandine. Je passe cette fois-ci, vous êtes arrivée en tant qu'employée, vous voila cadre maintenant. De toute façon, nous ne partons pas cet après-midi, mais demain après-midi. Dorénavant, vous aurez vos affaires personnelles chez vous, vos affaires de voyage ici. Vos papiers, que vous soyez en vacances ou non devront toujours être sur vous. Est-ce clair. C'est cela la disponibilité, chaque jour de l'année, à n'importe quelle heure du jour ou de la nuit. On vous paye, on vous appelle, vous arrivez. Cela peut vous vous paraître dur, mais je suis assujetti à cette même règle. Je vais vous remettre un tout nouvel outil qui arrive. Je n'ai pas beaucoup d'estime pour lui, mais j'en ai un comme tous les cadres d'ici. C'est un téléphone dit portable. Il devra être toujours chargé et il ne devra jamais se trouver à plus de trois mètres de vous. Vous n'aurez de compte à ne rendre à personne d'autre qu'à moi. Vous avez votre après-midi pour tout mettre en ordre. A demain Amandine, avec votre valise et vos papiers, on part demain, je vous le rappelle..

- Soyez sans crainte, Jonathan, à demain.

Il la regarde s'éloigner. Elle apprend très vite. Entre l'Amandine qui est arrivée ce matin en traînant les pieds et celle qui repart maintenant, bien droite et la démarche bien assurée, le contraste est saisissant. Mais est-ce suffisant pour faire d'elle celle qu'il en attend. L'avenir se chargera de lui dire. L'entrevue fut d'une rudesse extrême, aussi va-t-il dédramatiser l'atmosphère. Il va l'appeler sur non nouveau téléphone. La première fois que le sien a sonné, il aurait bien voulu voir la tête qu'il a fait. Pas brillant il devait être. Alors, mieux vaut qu'elle s'habitue tout de suite.

Dans l'heure qui suit, le nouveau téléphone portable d'Amandine retentit. C'est décidément le jour des premières. Le pire, c'est bien maintenant cette chose. Comment ça marche. Elle a beau dire allo, personne ne répond. A l'autre bout, Jonathan se tord de rire, il l'imagine tournant et retournant l'appareil. Finalement, il entend sa voix et ce allo qui semble dire, j'ai réussi. Il la taquine un peu et lui souhaite une bonne fin d'après-midi. Pour elle, cette taquinerie vient de la faire passer au rang de cadre. La mutation est complète.

Huit heures trente tapante elle fait son entrée dans l'entreprise, valise en main. Mais elle reste là, interdite. Elle ne sait vers quel endroit se diriger. Aussi invraisemblable que cela puisse paraître, à aucun moment ils n'ont abordé le sujet de l'emplacement de son propre bureau. Alors, elle se dirige finalement au troisième étage, celui réservé à la direction, s'installe derrière le bureau de jonathan et attend. Elle va l'attendre une bonne heure.

Dès son arrivée, il se montre surpris de la voir confortablement installée dans son fauteuil. Comme il lui manifeste sa surprise, elle lui réplique tout simplement qu'elle l'attendait depuis une heure, mais ne sachant où se poser, elle avait choisi cet endroit qui était le seul qu'elle connaissait. Elle en profite pour lui faire remarquer qu'à problème ardu, il existe toujours une solution, histoire de lui montrer que cette leçon là était bien retenue.

Ils sont dans l'avion. Il à le bras posé sur l'accoudoir du siège. Au premier tour de roue, il s'attend à sentir la main de sa voisine sur son bras qui dans quelques secondes va se trouver pris dans un étau. Mais rien ne se passe. Il réalise qu'il vient de passer dans un autre monde. Finies les crises d'angoisse de la pauvre Jeanne, alors, attendons les manies d'Amandine. Il va découvrir qu'elle n'en a aucune. Elle fera des allers et retours dans l'avion, histoire de se dégourdir les jambes, reviendra s'asseoir, discutera avec lui posément. L'une avait une sainte horreur de ce mode de transport, celle-ci s'en accommodait très bien.

Des voyages comme celui-ci, il va y en avoir beaucoup d'autres, de plus en plus rapprochés à mesure de l'avancement du dossier. Amandine a maintenant acquis les compétences qui lui permettent de mener seule sa mission et d'en gérer les aléas. Il lui manque cependant l'essentiel, l'accréditation nécessaire pour engager la société. Jonathan a toujours supposé que son père donnerait son accord pour la lui octroyer, dès que la jeune fille aurait démontré toutes ses capacités. Il s'est lourdement trompé. Il pensait pouvoir s'appuyer sur elle et ce faisant, passer plus de temps avec Louis qui devenait jeune homme.

En fait, il accompagne toujours Amandine, il la laisse négocier mais reste toujours à ses côtés, prêt à apposer sa signature, ce qui fait gagner du temps. Et ici, il est vrai, des signatures, il en faut.

Vingt quatre longs mois viennent encore de s'écouler. La famille Thévonin au complet, ses invités dont les Docart sont là et bien entendu tous les intervenants. Tout ce beau monde fait le déplacement pour l'inauguration de la filiale chinoise de la société Thévonin qui devient Thévo-China. Chantal Junka en devient la patronne, son mari, monsieur Chang, que connaît bien Amandine, la seconde, sans oublier les autorités locales. Les invités se voient logés dans un hôtel proche du site des festivités. De leur côté, Amandine et Jonathan sont descendus dans l'hôtel qui les accueille régulièrement. Deux chambres leur sont toujours réservées.

C'est exténués qu'ils se retrouvent dans le hall de cet hôtel après la fin des cérémonies. Il lui propose un dernier verre qu'ils prendront dans sa chambre. Sans hésitation, elle accepte, ce n'est pas la première fois que cela arrive. C'est même le rituel qui conclue habituellement le voyage. Mais ce soir là, rien ne va se passer comme d'habitude. Est-ce la faute à la fatigue, au stress lié à la cérémonie, à la satisfaction de la réussite de la journée ? Jonathan ne comprend pas le trouble soudain qui s'empare de lui.

Ils sont là, face à face, un verre de champagne à la main. Il la fixe dans les yeux, en remarque pour la première fois l'éclat. Il fait un pas vers elle, elle ne recule pas, mais refuse de croire ce qui arrive. Il lui reprend la coupe de champagne, la pose sur la table et lui saisit la main. Elle comprend bien maintenant qu'ils ne se trouvent plus dans la normalité, mais ne sait quelle attitude adopter. L'envie doit-elle l'emporter sur la raison ou le contraire. Elle sent le bras s'enrouler autour de sa taille, elle peut encore refuser, reculer, mais elle ne le fait pas. Il est déjà tout contre elle. Elle sent la manifestation de son désir. Elle perd pied. Faire fi de la raison devient son moteur. La tête ne dit pas vraiment non, mais le corps dit vraiment oui. Elle se laisse emmener alors que lui n'est déjà plus dans le questionnement, il faut, il lui faut cette fille, plus rien d'autre ne compte. Le lit reçoit ces deux corps qui l'instant d'après ne font plus qu'un. Chacun recherche le plaisir de l'autre pour conforter le sien. Et on se cherche encore, on se touche, on se serre. L'étreinte vire au combat, l'un ne voulant pas lâcher sa proie alors que l'autre voudrait devenir le chasseur. Ils vont s'y reprendre à plusieurs fois, tout le reste de la nuit

Ils se regardent, surpris de se retrouver dans cette position. Jonathan voudrait pouvoir s'excuser pour cette séquence imprévue, cette seconde où il n'a pas su se contrôler, où tout s'est embrouillé. Alors qu'il aurait dû se maîtriser, penser à Bérénice, il s'est au contraire laisser aller comme un gamin découvrant les joies de la vie.

Amandine, elle tout au contraire se félicite de ce moment. Elle pensait que jamais il ne franchirait ce cap, qu'il n'oserait jamais lui proposer ce qu'elle attendait depuis longtemps. A chaque invitation elle s'y voyait déjà. Et chaque fois, elle regagnait dépitée sa chambre. Ce soir, elle n'y pensait pas, ce serait comme d'habitude. Elle se trompait. Mais, ce rêve devenu réalité resterait-il sans lendemain ?

Mais avant de parler du lendemain, il va falloir vivre aujourd'hui. Et cela ne va pas être simple, pris qu'ils sont dans leurs contradictions. Lui s'en veut de cette infidélité commise envers son épouse décédée et du plaisir qu'il venait de prendre. Il venait en plus de trahir une promesse qu'il avait faite à son père de ne plus avoir de comportement déplacé dans le cadre professionnel. Elle, aussi satisfaite qu'elle puisse être des événements passés ne pouvait se contenter d'une relation sans suite. Dans le même temps, sans pouvoir en analyser les raisons, elle en craignait la suite. Peut-être aurait elle dû dire stop, ne pas se lancer dans cette aventure. Mais voila, elle ne l'avait pas fait. La voila devenue la maîtresse du futur patron. Mais pour combien de temps ? Elle est interrompue dans ses pensées par un Jonathan en apparence plus serein qu'elle.

- Tu sais, ce que nous venons de faire, même si ce n'est pas le fruit du hasard, n'aurait jamais dû nous arriver. Au moment où j'ai versé le champagne, j'étais à cent lieues d'imaginer la suite. Je ne la regrette pas, cette suite mais je m'en sens coupable.

- Nous en sommes tous les deux responsables, à aucun moment, je n'ai refusé ton appel. Mais, le plus dur maintenant, ce n'est pas hier, c'est du passé, mais demain, toi, moi, nous, comment allons nous sortir ce cette affaire. Et aujourd'hui, quelle décision prendre. On arrête tout, tout de suite ?

– Amandine, je pense qu'il est trop tôt pour engager ce genre de questionnement. Rentrons, retrouvons nous calmement dès notre retour et parlons en à ce moment là. Surtout, ne tire aucune conclusion hâtive de ce que je viens de te dire. Il faut tout simplement qu'on en reparle à tête reposée.
– Je suis d'accord. Vivement que ce moment là arrive.

Puisqu'il leur reste une heure avant de quitter l'hôtel et de retrouver tous les invités, ils pourraient peut-être vérifier certains détails Refus d'Amandine qui lui précise que la prochaine fois qu'ils seront seuls, il leur faudra, plus d'une heure pour tout mettre à plat. Et que, si la décision venait à pencher en faveur de la poursuite de l'expérience, c'est que tous les deux l'auront décidé et que, elle, Amandine ne se contentera pas d'une seule petite heure.

Ils sont maintenant confortablement installés dans cet avion qui les ramène vers leur destin. Elle se répète qu'elle n'aurait jamais dû se lancer dans cette histoire. Comment vont-ils pouvoir la vivre au sein d'une même entreprise dans deux bureaux séparés par une simple vitre et distant l'un de l'autre de moins de six mètres. Tout à fait impossible. Cette pensée pousse le curseur vers le stop alors que son corps ramène celui-ci vers le encore. Vivement demain et l'espoir du meilleur.

Lui remarque le désarroi qui habite sa voisine et l'entraîne dans un silence d'où émergent quelques soupirs. Il comprend les interrogations de la jeune femme mais regrette de ne pouvoir l'aider. Non qu'il ne le veuille pas, mais tout simplement que la réponse, il ne la connaît pas. Il sait bien où sont ses points d'ancrage et de blocages et dans l'instant, il ne sait comment agir. Il a besoin de ce temps de réflexion. Trop de choses trottent pour le moment dans sa tête. Il a beaucoup de mal à tout ordonnancer

Ils vont choisir de converser comme deux voisins peuvent le faire, sans allusions ni projet. Ils ne parleront pas non plus de l'inauguration de la filiale qui ne manquerait pas de les ramener vers leur aventure. Etonnamment, cela les calme, sans pour autant les éloigner de leur objectif. Une seule certitude se dégage de ce dialogue, le silence. Aussi vont-ils se mettre à travailler sur les réseaux et les activités qu'il va falloir mettre en place pour assurer la survie de la toute nouvelle filiale. Et sur ces seuls points là, il y a beaucoup à faire, de plans à dresser, et ils ne vont pas s'en priver. Et demain, après une bonne nuit de sommeil, ils se retrouveront pour enfin prendre leur décision.

Ces deux là se retrouvent à cet endroit dont ils avaient convenu dans l'avion. Ils vont y être tranquilles, sans risque d'y être déranger. Lui affiche une mine fatiguée. Il n'a pas beaucoup dormi cette nuit qu'il a passée dans la pièce fermée où il a avoué à Bérénice la faute qu'il a commise envers elle. Elle ne lui a pas répondu et ne sait comment interpréter ce silence. Elle ne lui pas même pas fait un geste. Il a envie de penser que, comme le dit le dicton, qui ne dit mot consent.

Amandine, elle est dans un tout autre registre. Sa réponse, elle la tient. Elle le veut et va l'avoir. Foin des conséquences, il est l'homme qu'elle veut et s'il lui faut sauter dessus pour l'avoir, alors, elle lui sautera dessus. Mais avant d'en arriver là, elle doit bien accepter d'écouter ses arguments. Elle s'agace très vite du silence qui règne dans cette pièce. Ils sont venus pour discuter, pas pour se regarder dans le blanc des yeux. Et surtout, l'impatience qui l'habite devient manifeste.

Le remarquant, il se lance enfin

– Tu sais, j'ai bien réfléchi cette nuit, à nous deux et

– Moi aussi j'ai bien cogité et je dois te dire qu'en pesant le pour et le contre, les deux plateaux de la balance sont d'un poids identique. Donc, j'ai abandonné le côté matériel pour me concentrer sur le corporel. Et c'est sur ce point que je voudrais t'entendre.

— Si nous écartons le rationnel, alors, il ne nous reste plus qu'une seule chose à faire.

Plus rien d'autre ne compte maintenant pour eux, si ce n'est que de reprendre les choses là où ils les avaient laissées, là-bas.

Il leur faudra encore mener deux assauts avant que les corps se relâchent enfin.

S'ils se quittent ce soir là, ce n'est pas la fatigue qui les sépare, ni le manque d'envie, mais la nécessité impérieuse pour Jonathan de revenir à sa première vie et prémunir ainsi l'invisibilité de la seconde.

Dès le lendemain matin, il se rendra dans la pièce fermée à clé de la maison familiale, ouvrira les volets, parlera à son épouse décédée, ne lui cachant rien, hormis certains détails concernant la séance d'hier au soir, lui rappelle qu'il l'a aimée jusque bout, qu'il ne l'oublie pas le moins du monde. Il tente de lui expliquer qu'elle vivante, Amandine ne serait jamais entrée dans sa vie. Preuve de ce qu'il avance, il s'approche de l'urne qui trône dans la chambre et y appose un baiser.

Il ne cessera de fleurir cette chambre deux fois par semaine, ouvrira les volets le matin, les fermera le soir.

Cette pièce restera fermée à clé, interdite à toute autre personne qu'à lui-même, comme toujours depuis son décès.

Même son fils, Louis, ou même ses grands-parents, Thévonin et Docart en sont exclus. Et jamais Amandine n'y pénétrera. Cette pièce est leur pièce, à Bérénice et lui.

Cette complicité, voire plus d'ailleurs engendrera bien une gêne du côté d'Amandine, mais Jonathan lui expliquera qu'il ne peut oublier sa vie d'avant qui lui a apporté beaucoup de bonheur, qu'occulter cette période lui est impossible, pas plus que de renoncer à ce moment qu'ils vivent ensemble, en ce moment précis.

Suite à cet entretien et pour évacuer toute polémique qu'il juge inutile, Jonathan enlace Amandine et la ronde infernale va se poursuivre tard dans la nuit.

Et cette liaison va durer plusieurs mois, à l'insu de tous, jusqu'à ce soir là où tous les deux décident de parler à nouveau de leur avenir.

– Je souhaiterai que l'on puisse s'accorder un petit moment de discussion et

– Justement, je suis du même avis que toi, j'ai des choses à te proposer, mais vas-y la première.

– Voila. Je ne vais pas remettre notre relation en cause, mais, je ne sais pas comment te dire cela sans paraître un tant soit peu ridicule il me semble que nous ne soyons plus totalement en phase.

– Que veux-tu dire, je t'aime plus que tout au monde et je ne vois pas ce qui peut te faire dire cela.

– Prenons, si tu le veux bien, juste pour exemple, hier au soir, lorsque nous avons fait l'amour. Dans l'action, j'ai eu envie d'innover, de vivre autrement ce moment, je te l'ai susurré à l'oreille, j'ai dû réitérer ma demande au bout de deux ou trois secondes pour obtenir satisfaction. J'ai déjà remarqué plusieurs fois ces moments d'absence. Oui tu me fais l'amour, mais sans même remarquer que j'existe, comme si tu étais ailleurs.

– Chérie, ce que tu me dis me bouleverse. Bien sûr que non, personne ne te remplace. Hier, je n'ai pas vécu ce moment autrement que tous les autres que nous passons ensemble et j'en ai retiré un plaisir plus fort avant-hier et certainement moins fort que celui que je vivrais tout à l'heure dans tes bras.

— J'en suis heureuse pour toi. Mais penses-tu à moi ? Ce n'est pas des mots que j'attends, mais des actes. Je ne suis pas en train de remettre notre amour en question. Je veux juste le vivre pleinement.

— Cela tombe bien. Je te remercie de ta franchise et je te promets d'y faire encore plus attention. Je t'interdis de remettre dorénavant mon engagement envers toi en cause. Si je reproduis le schéma que tu viens de me décrire, arrête tout et dis le moi. Mais j'ai plus important à te dire et il se pourrait, somme toute, que ces moments d'absence, s'ils existent réellement, en soient le reflet. Avec toi, dans tes bras, je suis le plus heureux des hommes. Mais je n'en peux plus de ces instants cachés, de ces deux vies. Je ne sais pas toi, mais moi, cela me pèse. Si tu es d'accord, dès demain, je te présente à ma famille comme ma compagne, celle avec qui je revis, avec qui je veux vivre au grand jour, au sus et vues de tous.

— Comment pourrais-je le refuser. Bien sûr je souscris. Je ne suis pas sûre de recevoir un accueil bien chaleureux ni de tes parents et encore moins de ton fils, mais, s il faut y aller, allons-y.

— Peu importe leur accueil, mais tu oublies un élément. Ces présentations ne s'arrêtent pas là. Je sais que tu entretiens des rapports difficiles avec ta mère, mais elle reste ta mère et je tiens à la rencontrer aussi.

– Vraiment. Je n'y vois pas l'intérêt, mais si tu le souhaites, pourquoi pas. Je vais la contacter
– Tu peux m'en dire un peu plus sur elle ?
– Non, il n'y a rien à dire.
– Mais c'est ta mère, tout de même.
– Cette femme m'a donné la vie.
– D'accord, comme tu le souhaites. Une chose encore. Nous allons ancrer notre relation dans la durée. Une chose dont il faut que nous parlions encore, ou plutôt ne parlions jamais, c'est du mariage. Il est proscrit à jamais de ma vie. Tu veux un enfant de moi, pas de problème, un ou plusieurs, on peut en parler, mais du mariage, jamais.
– Pourquoi cette réticence au sujet du mariage ?
– C'est une des rares choses qui me restent de mon éducation. On m'a tellement dit et redit, quand j'étais jeune, que le mariage était une chose sacrée, qu'on ne se mariait qu'une fois, qu'on ne divorçait pas, ne se séparait pas que cet adage est gravé en moi. Marié, je l'ai été, j'ai été heureux dans ce mariage mais il m'a amené aussi trop de souffrance. Je ne tiens pas à remettre cela.
– Je comprends, mais quand on parle de mariage, ne dit on pas ''jusqu'à ce que la mort vous sépare'? il me semble que c'est bien cette formule que l'on emploie. Je me trompe ?
– Non, tu as raison, il s'agit bien de la formule employée. Juste une chose, tu me parlais d'enfant, ne t'inquiète pas, ils pourront, je dirais mieux, ils porteront mon nom.

- Il me suffit juste de savoir que le sujet peut être ouvert.
- Bien, si tu veux bien, passons aux choses sérieuses. J'ai hâte d'être confronté à tes dernières trouvailles, si tu vois bien où je veux en venir.
- Il se trouve justement que je cherche un volontaire pour expérimenter une théorie qui me tient à cœur et puisque tu te proposes si gentiment, vois-tu, j'accepte ta candidature.
- Allons-y alors.

Il ne lui laisse pas le temps de réagir, se jette sur elle, la prend dans ses bras l'emmène jusque sur le lit, s'y laisse tomber et joue les cobayes. Il ressortira de cette séquence complètement épuisé, mais encore plus amoureux.

Le lendemain soir, comme prévu, Amandine et Jonathan se présentent à la table du restaurant où sont attablés les époux Thévonin et leur petit-fils Louis. A peine arrivé, Jonathan salue sa famille et enchaîne aussitôt :

— Maman, Papa, Louis, je ne vous présente pas Amandine que vous connaissez déjà et

— Je suis ta mère, j'ai senti depuis plusieurs semaines ce petit quelque chose de changé en toi qui me laissait présager cet instant. En arrivant ce soir, j'ai remarqué ces deux couverts, ce qui m'a fait penser que j'avais vu juste. Mais là, Amandine, alors là non.

Elle s'aperçoit de sa maladresse verbale et se reprend.

— Oh ! excusez-moi Amandine si j'ai pu vous paraître désagréable. Je me suis juste mal exprimée. Je m'attendais bien à voir mon fils arriver avec une jeune femme à son bras et c'est tout à fait normal. Ma surprise est que se soit vous, mais vous correspondez totalement à celle que j'attendais, Jeune, Femme et je devrais ajouter Belle. Je suis sa maman, je pense avoir un temps d'avance sur les deux autres invités, alors, nous attendons la suite

— Tu as tout compris, maman. Louis, mon fils, papa, Amandine et moi vivons une grande aventure depuis l'inauguration de la filiale en Chine. Ce soir là Amandine et moi rentrons à l'hôtel complètement éreintés. Par politesse je lui propose un dernier verre, comme nous le faisons habituellement. Je n'ai qu'une seule idée en tête, avaler ce verre et aller me coucher. Mais voilà, nos regards se croisent, la situation nous échappe, nous ne boirons jamais ce verre, nous oublierons notre fatigue et la suite, vous la découvrez maintenant. Nous allons vivre ensemble, sous le même toit.

– Mademoiselle Delzieux, je vous appréciais en temps que secrétaire de mon fils, j'espère que je pourrais le faire dans ce nouveau rôle.

– Antoine, mon cher, notre fils nous présente la jeune fille dont il est amoureux, l'heure n'est pas aux formulations tarabiscotées ni aux récriminations.

– C'est vrai, Désolé. Bienvenue à cette table.

– C'est un peu mieux, mais Louis, tu n'as encore rien dit.

– C'est exact, grand-mère. Dans cette famille, l'usage veut que les jeunes ne prennent la parole à table que lorsqu'ils y ont été invités. Que je sache, je ne pense pas l'avoir été.

– Papa, mon fils, vous êtes ici en tant qu'invités, c'est vrai, mais aussi parce que vous êtes à mes yeux, les deux hommes qui me tiennent le plus à cœur. S'il vous plaît, détendez-vous, nous avons besoin, Amandine et moi de vous sentir heureux de partager avec nous ce bonheur.

– Papa, je voudrais bien te croire lorsque tu parles de moi comme un des deux hommes qui te sont le plus chers à ton cœur. J'aurai eu besoin de l'entendre avant, tant tu m'as manqué ces dernières années. Déjà, avant qu'Amandine entre dans ta vie, entre toi et moi, il y avait le manque de maman pour toi, et maintenant c'est Amandine. Je n'en veux ni à l'une, ni à l'autre et encore moins à maman qui me manque atrocement. Amandine, Désolé, tu vas devenir ma belle-maman. Soit. Dès demain, je quitterai la maison qui deviendrai vite trop étroite pour nous trois. J'irai habiter dans l'aile droite du château de papy et mamy. Ne crains rien j'y ai mes habitudes. Vous voudrez bien m'excuser si je vous quitte maintenant, mais j'ai eu une journée très éreintante et je souhaiterai me reposer. Demain, papa, il faudra qu'on parle du dossier Airflotille qui me pose de gros problèmes.

Le malaise qui s'installe est maintenant palpable. Les deux parents ont les yeux baissés, Amandine laisse les larmes s'écouler et Jonathan reste sans voix. Il se reprend, traverse la salle du restaurant en courant, cherche à rattraper le jeune homme. Il arrive sur le parking pour voir la voiture de son fils en sortir. Trop tard.

Il revient dans la salle. Ses parents sont là. Il craignait se retrouver seul en tête à tête avec Amandine, mais heureusement, ils sont restés. Non qu'il craigne un face à face avec sa bien aimée, mais plutôt qu'il veuille sauver ce qui peut l'être et aussi pouvoir récupérer des coups que son fils vient de lui infliger. Car le jeune homme a tapé fort et là où cela fait mal. Il avait promis à sa femme de veiller sur leur fils, après son départ, et il n'en a rien fait. Il a raison Louis, il a été inexistant pour lui.

— Amandine, veuillez excuser l'attitude de mon petit-fils. Ce qu'il a reproché à son père aurait dû faire l'objet d'un entretien entre eux. Ce contentieux existe et ils le règleront comme les Thévonin savent le faire. Mais s'ajoute à cela ce dossier dont il a parlé et qui l'accapare depuis plusieurs jours. Il a voulu m'en parler cet après-midi, mais je l'ai renvoyé vers son père, ce dossier intéressant plus spécifiquement Thévo-China. Il a craqué nerveusement. Je suis sûr que vous n'êtes pas la cause de cette crise.

– Je vous remercie Monsieur et j'espère que vous avez raison.

– Soyez en sûre. Vous voila maintenant comme faisant partie de la famille. Vous avez envers moi un ressentiment qui est cause d'un malentendu dont je suis responsable. Vous pensez que je ne vous aime pas. C'est une erreur. Je n'aime pas, encore aujourd'hui ce Thévo-China dont je crains fort la déconfiture qui, à terme pourrait compromettre la bonne santé de notre entreprise. Je n'ai donné mon aval à cette réalisation, qu'avec beaucoup de réticences et je ne m'en suis jamais réellement occupé. Tout repose maintenant sut les épaules de Jonathan, tout c'est-à-dire Thévo-china et très bientôt, je lui apprends, Thévonin Industries. J'ai passé l'âge des voyages à l'autre bout du monde, du monde de l'informatique et de tous ces gadgets qui vont avec.

– Papa, j'espère que tu plaisantes, Thévo-China est juste en phase ascensionnelle, je vais devoir y consacrer beaucoup de temps et d'énergie.

– Un Thévonin ne doit jamais dire non. Tu as six mois pour préparer Louis à cette tâche, lequel pourra compter éventuellement sur Amandine, n'est-ce pas Amandine ?

– Oui, monsieur, sans problème

– Voila comment un Thévonin doit répondre.

Le reste de la soirée va se dérouler sur le même sujet. Ce rendez-vous qui se voulait familial se transforme en mini conseil d'administration duquel la pauvre maman se trouve exclue.

Pour sa première nuit au sein de la famille Thévonin, la jeune femme soudain craque. Elle se remémore la scène opposant le fils au père, les mots très durs prononcés par Louis, et malgré l'affirmation du grand-père, elle se sent en partie responsable. Les mots de tendresse de Jonathan glissent sans l'atteindre. Il tente l'étreinte, elle se blottit au creux de ses bras, se calme, échange un doux baiser. La nuit sera chaude.

Trois semaines viennent de s'écouler depuis le fiasco de la présentation. Comme il l'avait annoncé ce soir là, Louis est parti vivre au château. Les relations familiales avec son père ne se sont guère apaisées, bien au contraire des relations professionnelles qui s'épanouissent. Louis se prépare avec assiduité au rôle de second qui lui échoit. Il a pris en main le dossier Thévo-China et n'hésite pas à demander conseil à Amandine s'il le faut, mais sans aucune chaleur dans la voix. Il s'adresse à elle comme il peut le faire pour n'importe lequel des employés.

Ce soir là, c'est un courrier de sa maman que tient Amandine. Sa maman s'étonne de la demande de visite mais marque tout de même son accord pour le week-end prochain tout en lui reprochant la forme manuscrite de la demande, un appel téléphonique aurait suffi. Comme elle indique son numéro, Amandine va l'appeler et lui indiquer qu'elle vient juste d'apprendre qu'elle avait enfin le téléphone.

Jonathan est ravi de cette nouvelle et espère que ce samedi sera plus bénéfique que la séance de présentation passée. Mais en réfléchissant bien, il n'y aura qu'une personne en face d'eux, il prendra soin d'acheter en cours de route un joli bouquet de fleurs.

Malgré plusieurs autres tentatives, il n'en saura pas plus sur cette maman qu'Amandine ne semble pas porter dans son cœur. Et comme il insiste, c'est un baiser qui lui coupe la parole. Et comme d'habitude, elle aura le dernier mot.

Et ce jour qu'il redoute sans pouvoir en déterminer les raisons arrive tout de même. Après une analyse très poussée de ses craintes, il en arrive à une conclusion étonnante. Elles sont basées sur deux réalités. La première appréhension est la perte de contrôle de la situation. Il ne contrôlera rien, ni l'ambiance dont il ne sera aucunement maître, ni la réaction de la maman qui jouira de son libre arbitre à son égard. La seconde de ses appréhensions repose tout simplement sur le fait qu'il n'a jamais été confronté à cette situation. Avec Bérénice, tout s'était déroulé dans les règles de l'art, face aux parents heureux de découvrir que leur rêve le plus fou se réaliser. Bien qu'il ait ciblé le cœur de son problème, la sérénité ne peut le gagner. Il reste tendu.

Il va laisser Amandine conduire, ce sera beaucoup plus prudent. D'abord, elle connaît l'itinéraire, et surtout elle vit cette journée comme celle qui va la voir accomplir une formalité qui n'aura aucune conséquence sur la suite de leur relation. Et quelques puissent-être les sentiments ressentis par sa mère, ceux-ci n'auront aucun impact sur la suite de sa vie.

Le trajet va se dérouler dans un calme relatif, troublé simplement par les quelques mots de soutien prononcés par la conductrice cherchant à détendre cette atmosphère pesante qui règne à l'intérieur du véhicule. Il y répond à chaque fois par un petit sourire crispé et quelques paroles rassurantes du genre ''ne t'inquiète pas, ça va'' qui ne parviennent pas à détendre l'ambiance.

Dans un village proche de leur destination, Amandine stoppe le véhicule.

– Pourquoi t'arrêtes-tu
– Tu ne devais pas arriver avec des fleurs, c'est l'endroit où jamais, tu sais. Si tu ne le fais pas là, on devra s'arrêter et un peu plus loin, tu pourras toujours cueillir des coquelicots, des fleurs de pissenlits, ou même encore quelques marguerites, ou les trois ensembles. Ce sont de jolies fleurs tu sais.

Ils se mettent à rire tous les deux, il l'enlace, la serre fort dans ses bras, l'embrasse longuement, sort de la voiture et se dirige vers la boutique du fleuriste. Il y restera une dizaine de minutes et en ressortira avec un superbe bouquet qu'il déposera sur la banquette arrière. Une fois encore, ils se rediront leur amour, échangeront un ou deux baisers et reprendront la route.

Les quelques kilomètres restant vont très rapidement défiler, dans une ambiance nettement plus détendue. Le véhicule s'arrête devant une maisonnette avenante posée au milieu d'un joli terrain très bien entretenu. Un dernier baiser, un dernier ''je t'aime'' suivi d'un ''moi aussi'' et les voila déjà qui s'avancent vers la porte d'entrée, Amandine précédant d'un petit pas Jonathan. Ils sont attendus. Il a aperçu, derrière les rideaux, une silhouette disparaître à leur vue. Amandine frappe à la porte, on lui répond :

– Qui est là ?

— C'est nous maman.

Ce dialogue pour court qu'il ait été, n'a pas échappé à Jonathan qui se crispe, blêmit, ressent son malaise du matin le rattraper. Il se sent pris au piège, comme ce soldat qui vient de poser le pied sur une mine et qui sait que quoi qu'il fasse, il est mort. Il recule, c'est fini, mais un Thévonin fait face. Il reste là et il se ridiculise à jamais et cette option n'est pas dans son A.D.N. La seule solution qui lui reste est d'avancer et d'affronter son plus grand défi. De toute façon, il n'a pas d'échappatoire. Il a la gorge sèche, il regrette d'avoir sollicité cette entrevue, d'autant qu'elle n'aura aucune incidence sur la suite de leur vie. Cette voix qui vient de répondre, il l'a reconnu, il connaît cette femme, la première de sa vie. Il a omis une chose, regarder en arrivant le nom inscrit sur la boîte à lettre, il aurait alors pu prétexter il ne sait quel malaise et repartir. Mais s'il l'avait fait, combien de questions dont cette femme détient les réponses lui faudrait-il ressasser. Alors puisque Sydonie Duval, ouvre sa porte, il va devoir faire face.

— Bonjour ma fille.
— Bonjour maman, laisse moi te présenter mon
— Inutile de me le présenter, bonjour Jonathan.
— Bonjour Sydonie, je tai amené des fleurs.
— Vous vous connaissez ?
— Oui, chérie, ta maman et moi sommes de vieilles connaissances, n'est-ce pas Sydonie.

– C'est exact, et nous allons t'en parler, surtout moi d'ailleurs, mais je vous en prie entrez donc et installez-vous confortablement. Détendez-vous. Amandine, je suis heureuse que tu sois venue et toi Jonathan relaxe toi, on dirait que tu as vu un fantôme surgir en face de toi.

– Maman, je vois que tu as préparé un bon moment de détente autour d'un apéritif, mais quand je regarde Jonathan, que je vois toute la détresse qui l'assaille et quand je remarque ta façon de te tordre les doigts, je devine que la connaissance que vous avez l'un de l'autre cache beaucoup de choses que j'ignore. Alors, si tu le veux bien, faisons fi de cet apéritif et allons au fait. Je sais que je vais apprendre des morceaux de vie qui, en temps ordinaires, ne devraient pas me concerner, mais qui pourtant doivent être portés à ma connaissance. Alors, maman, déballe tout et tout de suite.

Ces dernières paroles viennent d'être prononcées sur un ton dur qui masque mal le questionnement intense qui envahit la jeune fille.

– Commençons alors. Cette partie de l'histoire, Jonathan, tu ne la connais surement pas. Ce fameux lundi, lorsque j'arrive au bureau, je suis immédiatement convoquée dans le bureau de ton père qui n'ira pas par quatre chemins comme on dit. Il m'exprime son regret de découvrir la lettre qu'il me tend et qui lui annonce ma démission. Il est très condescendant et me demande cependant de lui restituer en lieu et place un document manuscrit, document qu'il me fait réaliser sur l'instant, ce que je vais faire. Bien entendu le premier document rédigé sur une machine à écrire n'émanait pas de moi. Passons. La suite de l'entretien se déroule sous la forme la plus courtoise possible. Je dois reconnaître aussi que ton père a été généreux avec moi. Sans sourciller, il m'a tendu deux chèques, l'un me payait la totalité du mois commencé, l'autre, sous forme de prime, les huit derniers mois de salaire de l'année en cours. Une condition cependant, que je quitte la région tout de suite et pour toujours. De toute façon, après cet épisode là de ma vie, je ne serai certainement pas restée. Après mon acquiescement, et à ma grande surprise, il a sorti de son tiroir une liasse de billets qui représentait, m'a-t-il dit une année de salaire, somme qui faciliterait ma nouvelle installation. C'est ainsi que j'ai quitté Thévonin Industries. Le lendemain, j'étais loin de là.

— Tu ne m'avais jamais dit, maman, que tu avais travaillé pour les Thévonin.

— Il y a beaucoup de choses que tu ne sais pas encore, alors, laisse-moi finir. Donc, je suis partie rejoindre un couple d'oncle et tante chez qui je suis restée le temps de retrouver un endroit où me loger et un nouvel emploi. Je me suis faite une petite bande d'amis et amies avec qui d'ailleurs je suis toujours en relation. Mais revenons, à cette époque là, et puis non, j'ai tout dit de ce que tu devais savoir, le reste, c'est ma vie privée et elle ne regarde que moi.

— Non maman, cela me regarde aussi, et j'ai le droit de savoir, car ton histoire est une partie de mes racines, même si notre relation mère-fille n'est pas ce qu'elle devrait être. Tu as dit tout à l'heure que tu travaillais chez Thévonin Industries, je ne me trompe pas ?

- Je l'ai dit.

- Tu nous as bien détaillé ta dernière entrevue avec ton patron et sa générosité à ton égard. Maman, et je vais être extrêmement directe. As-tu volé ou détourné de l'argent de l'entreprise ou sinon de quoi s'agit-il ?

- Ce n'est pas à ta mère de répondre à cette question, c'est à moi de le faire. Oui, Amandine, j'ai bien eu des relations intimes avec ta mère. Elle n'y est pour rien, j'ai dû vaincre son angoisse pour y arriver. Je vais être très clair, nous avons bien eu des relations sexuelles. Si j'avais su qui était ta mère, je t'en aurai sans doute parlé.

- Merci de ta franchise, et je ne pense pas que cette révélation puisse ternir notre relation.

- Bon, mes enfants, si nous passions à table, maintenant que tout est dit, qu'en dites-vous ?

- D'accord, maman, toi aussi non ?

- Justement non, tout n'est pas dit, je pense. Sydonie, je suis un chef d'entreprise né, je viens de réussir un gros coup en chine, avec le concours de ta fille, je suis doublé également un bon sens commercial et je sais détecter quand mon adversaire ne dit pas tout voire me cache la réalité des choses. Amandine vient de te supplier de tout lui dire et tu restes trop évasive pour qu'elle reparte d'ici avec plus de questions que de réponses. Après, nous passerons au repas, mais après seulement. Mais avant, je sais par Amandine, parce qu'on a parlé précédemment que la vérité sur son père

150

lui fait défaut. Elle a besoin de t'entendre parler de lui, de monsieur Delzieux. Je peux m'éloigner si tu préfères, cela ne me dérange pas.

— Tout compte fait, je pense effectivement que c'est préférable de tout dire. Tu peux, je dirais même, tu dois rester et tu vas comprendre pourquoi. Lorsque j'ai quitté la région, dans ma vieille voiture, j'avais dans la poche deux chèques et une énorme somme d'argent. Mais j'emmenais aussi un souvenir impérissable. Je ne le savais pas encore, Amandine, mais tu faisais partie du voyage. Le seul garçon que j'avais fréquenté à cette époque, c'était toi, Jonathan, est-ce que cela est suffisamment clair ?

— Veux-tu me faire croire qu'Amandine est ma fille, que je couche depuis plusieurs mois avec ma propre fille. Sydonie, je t'en supplie, dis-moi que tu inventes cette histoire, que ce n'est que le fruit de ton invention. Mais, si c'est vrai, pourquoi ne l'as-tu pas dit plus tôt ? Sydonie, arrête ton cinéma.

— Quand je ne te livre pas la vérité, je ne suis pas une bonne mère, et quand je la dit cette vérité, elle te dérange et je suis une comédienne. Je comprends ton mécontentement pour ne pas dire plus, à l'énoncé de cette évidence. Mais Amandine est ta fille et tu ne peux rien y changer. Amandine, Jonathan est ton père et tu vas devoir l'accepter. Tu voulais la vérité sur tes origines, maintenant tu sais. Jonathan, depuis mon départ vers ma nouvelle vie, je ne me suis plus jamais intéressée à votre aventure familiale. Amandine m'en a toujours voulu de ne pas être plus explicite sur ses origines.

Notre relation a évolué entre suspicion et rancœur. Tu me demandes pourquoi je n'ai pas parlé plus tôt. En ais-je eu l'occasion ? Non. Tu sais, Amandine, je ne savais pas où elle habitait ni même où elle travaillait jusqu'à se qu'on en parle aujourd'hui. J'ai une dernière chose à te demander, s'il te plaît, ne l'abandonne pas, ne la rejette pas, la seule fautive, c'est moi, j'aurais dû tout lui dire.

- Ce n'est pas possible, Sydonie, tu inventes cette histoire juste pour me nuire. De toute façon, tu savais où me joindre, il te suffisait de m'écrire, de me prévenir, pourquoi inventes-tu cette histoire maintenant ?

- Tu oublies deux choses Jonathan, la première est que ton père m'a payé pour que je disparaisse de votre vie et la seconde c'est la promesse que je lui ai faite de ne pas trahir ma parole donnée. Et puis, il faut bien le dire, le fait que tu ne puisses pas profiter de ton enfant me remplissait d'aise.

- Non, cela ne tient pas, Sydonie, je refuse de te croire.

- Tu peux refuser de me croire, mais les faits sont là. Tu connais la date de naissance d'Amandine, fais le calcul. Tu ne veux pas admettre que je n'ai couché qu'avec toi à cette époque, pourtant c'est la stricte vérité. Analyses la situation, Amandine n'est pas née prématurée, ce qui exclut qu'elle soit issue d'une autre relation que celle que nous avons eue.

- Tu as raison, je viens de réaliser la justesse de tes propos. Il est fort possible que tu dises la vérité.

- Non Jonathan, ce n'est pas possiblement vrai, c'est la vérité et il va te falloir l'accepter, pourtant.
- Oui, je crois bien que je dois reconnaitre ma paternité, malgré la culpabilité que j'en éprouve. Je suis désolé, Amandine pour tout le mal que je te fais aujourd'hui, bien malgré moi.
- Ne le soit pas, tu n'es pas le seul responsable, mais je ne vais pas pouvoir t'appeler papa tout de suite, peut-être y arriverais-je, mais encore faudra-t-il me laisser un peu de temps. J'ai une faveur de petite fille à vous demander, vous tenir dans mes bras, tous les deux. Depuis l'âge de dix ans, je rêve de cet instant.
- Une chose encore que je voudrais dire, ta mère me demandait tout à l'heure de ne pas te laisser sur le bord du chemin. Saches qu'il n'est pas question que je t'abandonne une seconde fois. Bien sur que tu rentres avec moi, que dès demain tu reprends tes fonctions dans la société, et que nous allons ensemble nous remettre de ce lamentable épisode. En attendant, tu nous as formulé un souhait alors allons-y.

Et ils vont lui accorder cette grâce.

Plusieurs mois viennent de s'écouler. Jonathan ne s'est toujours pas remis des révélations passées. Ce n'est pas le fait d'avoir perdu une maîtresse qui le chagrine. C'est que cette maîtresse soit sa propre fille. Soit, il ne le savait pas, mais il se reproche de ne pas l'avoir subodoré. Il aurait dû pourtant, il existe des ressemblances entre eux.

Amandine a été bien accueillie par ses grands-parents comme par son frère, Louis. Pourtant, elle a beaucoup de mal à se projeter dans son nouveau rôle, tant l'ancien lui colle à la peau. Elle sait que la frustration qu'elle ressent ne vient pas de l'absence de relation amoureuse avec cet homme qu'elle avait aimé et qui se révèle être son père. Non, c'est autre chose. Que la vérité vienne de sa mère l'irrite au plus haut point. Le pire serait que celui dont elle porte le nom prenne contact avec elle et lui impose sa présence. Est-ce pour se donner bonne conscience ou pour toute autre raison qu'elle se lance dans une rétrospection de cette aventure ? Toujours est-il qu'elle lui trouve un goût moins amer soudain. Cet amour qu'elle croyait immortel portait en lui un danger létal. Si sa mère avait gardé le silence, la fin de toute façon restait proche. En réfléchissant bien, elle savait que Jonathan n'avait jamais oublié Bérénice. Elle en voulait pour preuve cette pièce fermée à clé, qu'il aérait toujours, qu'il fleurissait toujours. Il lui avait juré que non, qu'elle se faisait des idées, mais ce genre de chose, une femme sait le reconnaître. Elle avait une rivale contre qui elle n'était pas armée pour gagner.

Elle comprend alors pourquoi elle a si bien accueilli la vérité, et passé le premier moment de stupéfaction, elle décide de faire honneur à ce privilège. Elle fait maintenant partie de la famille Thévonin, même si elle n'en porte pas le nom et ne le portera sans doute jamais, alors elle se doit de s'en montrer digne. Et sa vie va s'en trouver bouleversée.

Mais pour l'heure, elle doit côtoyer un père qui fait mal à voir. Lui qui aimait rire est maintenant d'une tristesse infime qui fait mal à voir. Il traîne derrière lui toute la misère du monde. Il évite tous les regards, se retire très tôt le soir. Louis se demande même s'il ne dort pas dans la pièce fermée.

En fait, Jonathan vit sa souffrance en silence, comme un Thévonin doit le faire. Il ne s'est jamais remis de la cruelle vérité assénée par Sydonie. Il lui en veut de ne pas l'avoir prévenu. Il s'en veut d'avoir trahi Bérénice. Souvent il lui demande pardon. Souvent, il couche effectivement dans cette chambre, mais pas pour dormir, juste pour sentir Bérénice contre lui, lui parler, s'excuser, oublier aussi l'improbable qui s'est invité dans sa vie. Cette nuit là, la lumière jaillit. Il sait comment il va effacer cette cruelle dualité père-amant. Tous les ingrédients sont là, même elle, son épouse chérie qu'il sent toute proche.

Ce matin là l'entreprise déborde d'activité, chacun est à son poste, dans quelques heures, le conseil d'administration, en séance extraordinaire, va introniser Jonathan en qualité de remplaçant de son père, comme cela est prévu de longue date. Pourtant, Jonathan, lui est étrangement absent. Mais personne ne s'en inquiète réellement. Il doit être resté seul pour rédiger le petit discours qu'il prononcera après l'événement.

Mais deux heures plus tard, son absence commence à interpeler. Louis s'inquiète du refus de son père de répondre aux sollicitations téléphoniques, qu'elles soient adressées sur le téléphone fixe ou le portable. En regardant par la fenêtre, il aperçoit la place réservée à son père entièrement libre. Il fait part de son inquiétude à son grand père qui l'envoie vérifier ce qui se passe au domicile et de le tenir informé.

Ce qu'il découvre en pénétrant dans la maison, le glace d'effroi. Sur le petit meuble d'entrée, deux courriers, un lui est adressé, l'autre à sa sœur, et ils sont placés bien en évidence. A leurs côtés, une clé, celle de ''la pièce fermée''. Il est pétrifié, il tient la clé dans sa main tremblante. Il sait déjà. La dernière fois qu'il y était entré, il avait découvert sa mère décédée. Peut-il exister aujourd'hui une autre possibilité que celle qu'il redoute ? Sans doute pas, mais il veut croire qu'il se trompe, que la clé, c'est une erreur, que ces deux courriers, il vient juste de les inventer, ils n'existent pas. Il s'arme de courage, ouvre la porte, appelle son père qui semble dormir. Il est reposé, mais les boîtes de médicaments, deux boîtes exactement, vides, laissent craindre le pire, que l'absence du pouls recherché confirme.

Son premier réflexe l'amène à appeler le médecin de famille, puis il alerte en priorité son grand-père et sa sœur. Tous accourent dans un délai très bref. Il n'y a plus rien à faire, il est parti, selon le médecin, dans le milieu de la nuit, après avoir avalé le contenu des deux boîtes de médicaments issus de l'ancienne pharmacie de sa mère. Toujours selon toutes vraisemblances, il n'aurait pas souffert.

Louis prend connaissance de la lettre d'adieu de son père dans laquelle il s'explique en ces termes.

''Je m'excuse, mon fils, du choc que je t'inflige. Tu m'as souvent reproché à juste titre d'ailleurs, mes absences et du manque de considération éprouvée pour ton travail. Mon chagrin d'abord, mon amour pour une autre femme ensuite nous ont considérablement éloignés. Aujourd'hui, alors que ma décision de rejoindre maman est prise, qu'elle m'attend, je le sais, je voudrais te dire tout mon amour, mon fils, mon affection et la fierté que je ressens. Tu vas succéder à ton grand-père dans quelques temps. Ne soit pas triste, je ne le mérite pas. Un Thévonin doit impérativement faire face à ses responsabilités. La mienne était de retrouver ta maman au plus vite et le l'ai fait. Ton papa qui t'aime. N'oublie pas de prendre contact avec Maître Jacquier, le notaire, j'y ais déposé mes dernières volontés. Fais le dès demain''

A la fin de cette lecture, il s'effondre dans les bras de sa sœur qui vient juste de terminer sa lecture. Elle n'est guère en meilleur état que lui. Il lui dit ceci.

''Amandine chérie, ma fille,

Toute l'ambigüité de ma fin de vie se trouve résumée dans ce qui précède, Amandine chérie, ma fille. Tu as été les deux et cette dualité m'est insupportable. Non pas que tu sois les deux, non, mais la culpabilité d'avoir fait de toi ma maîtresse, soit, sans rien en savoir, mais cette réalité me ronge. Tu es ma fille, et te dire chérie, comme un père peut le faire m'est impossible du simple fait que ce mot me ramène vers ma faute. Il va falloir maintenant te glisser dans la peau du rôle que je t'attribue dans notre société, car tu restes maintenant libre de ta vie privée. Tu vas aller avec Louis, dès demain chez le notaire chez qui j'ai déposé mes dernières volontés.

Sans arrières pensées aucunes, je t'aime. Papa.''

Ils vont restés ainsi prostrés, tout les deux, dans les bras l'un de l'autre, sans pouvoir prononcer un seul mot.

Le lendemain, ils apprendront que leur père entend que son fils occupe au plus vite la fonction qui devait lui revenir. En outre il lui lègue la résidence familiale dans laquelle il pourra disposer comme il entend de la ''pièce fermée''. Amandine héritera de la place de seconde à côté de

Louis, du chalet au bord du lac et du domaine dans lequel il est inclus. La totalité du numéraire sera partagé en part égale.

Elle est un peu gênée, Amandine, dernière arrivée dans la famille, de se retrouver ainsi dotée de biens qui devraient revenir en totalité à Louis. Il la rassure, allant même jusqu'à trouver équitable le partage.

La période de deuil passée, il faut rapidement se remettre au travail. Antoine, le grand-père n'en démord pas. Il décide de surseoir momentanément à son départ en retraite mais sa décision est inflexible, il partira avant la fin de l'année. En attendant, la supervision de Thévo-China revient à Amandine, sous la responsabilité de Louis, lequel évolue en qualité de grand patron, sous la responsabilité de son grand-père.

Tout le processus va se dérouler comme prévu, Louis est intronisé grand patron, Amandine se glisse dans ses toutes nouvelles attributions, l'entreprise, profitant du sang neuf insufflé va se voir doté de tout l'arsenal moderne dont elle faisait cruellement défaut. Les voyages en Chines vont se voir eux grandement diminués au profit de vidéoconférences, elles beaucoup plus fréquentes, mais surtout moins onéreuses.

Il y a longtemps qu'Amandine n'a pas eu de nouvelles de sa mère. Elle ne lui a d'ailleurs pas annoncé le décès de son père. Lorsqu'elle l'entend à nouveau, aux premières paroles prononcées d'une voix lasse, elle comprend que les ennuis continuent. En substance, celle-ci lui explique qu'un ancien problème de santé, oublié dit-elle, se réveille et qu'il va falloir intervenir de façon rapide et sérieuse. Elle ne peut lui en dire plus car son médecin arrive. Malgré l'insistance de sa fille, elle refusera de lui passer le praticien. Puisqu'il en est ainsi, elle la rappellera ultérieurement.

Quarante huit heures plus tard, quand retentit son téléphone, Amandine est aux antipodes de ce qu'elle voudrait entendre. Au fil, c'est le docteur qui lui annonce la fin imminente de sa mère. Il lui précise qu'elle a émis le souhait que se soit lui qui l'informe de cet état et lui précise qu'elle souhaite lui parler une dernière fois.

Si cette demande avait émané de sa mère, elle aurait pu émettre un doute quant à la véracité de l'information, mais venant de la part d'un professionnel, l'annonce prend alors toute sa crédibilité. Elle décide alors de la rejoindre au plus vite, laissant l'organisation de son absence dont elle ignore la durée à son frère. Il l'assure avant son départ de la confiance qu'il a en elle et lui demande de le tenir au courant.

Ils se quittent alors, sans se douter un seul instant du cataclysme que ce voyage va occasionner.

Sur ce trajet qu'elle connaît, elle reste sereine, habitée qu'elle est par la certitude de savoir ce qui l'attend et sa capacité à dominer ses émotions. Certes, ses relations avec sa mère n'ont jamais été au beau fixe, mais elle reste cependant sa mère et l'idée même de l'assister dans ses derniers moments ne la réjouit pas. Qu'elle le veuille ou non, elle doit bien admettre qu'un restant de sentiment se manifeste en ce moment. Elle se laisse envahir par une certaine tristesse qui fait perler quelques larmes. Mais ce n'est pas le moment de se laisser aller.

C'est dans cet état d'esprit qu'elle va devoir parcourir les derniers kilomètres, chacun d'entre eux lui rappelant son dernier voyage, en compagnie de son père.

C'est l'aide soignante qui l'accueille et lui glisse à l'oreille que la fin est maintenant imminente, que la vie de sa mère ne doit subsister que par sa volonté de lui parler une dernière fois. Ceci dit, elle lui souhaite bon courage et s'éloigne. Elle est seule maintenant. Elle ne comprend pas, elle qui quelques heures plus tôt était pleine de certitudes, se trouve maintenant complètement démunie au moment même de pénétrer dans cette chambre. Les larmes refoulées toute à l'heure sont de retour et elle n'a pas la force de les retenir. Elle s'approche et dans cette semi pénombre, aperçoit la malade. Un court instant, elle pense être arrivée trop tard, mais péniblement, la tête déformée par la douleur se tourne vers elle, et un pâle sourire apparaît.

– Merci Amandine d'être venue si vite, assieds toi et approche, je ne peux pas parler plus fort. J'ai beaucoup de choses à te dire, mais beaucoup moins de temps qu'il m'en faudrait, aussi j'irai à l'essentiel. Tu trouveras tous les détails que j'ai consignés dans le petit dossier que j'ai constitué et qui se trouve dans cette enveloppe que tu vois là, sur ma table de nuit. Tout y est dit, y compris mes instructions pour tout de suite après. Tout est prévu, organisé, ne t'inquiète pas pour cela. Venons en à l'essentiel, Amandine, je t'aime, on ne s'est jamais bien comprises toutes les deux et j'en porte l'entière responsabilité mais

Ne dis pas cela, maman, j'ai forcément moi aussi ma part de responsabilité.

– Ne m'interrompt pas, le temps me manque, Amandine, je t'aime et je dois te demander pardon de ne pas te l'avoir prouvé. La vie n'a pas été tendre avec moi, mais elle m'a offert le plus beau des cadeaux qu'elle pouvait me faire, toi, c'est toi ce cadeau dont je parle et je n'ai pas su m'en occuper. En cela je suis déjà coupable. Mais il y a pire qu'il faut que je te dise. Lors de ta dernière visite, quand je t'ai vu arriver au bras de Jonathan, une sourde colère m'a envahit. Après la mère, ce garçon allait gâcher celle de sa fille. Trop, c'était trop, c'est comme cela, pour te protéger, que j'ai inventé cette histoire de filiation.

– Tu veux dire, maman, que Jonathan n'est pas mon père, je comprends bien ?

— Tu comprends bien Julien Delzieux est ton seul père. J'ai fait sa connaissance le jour suivant mon arrivée, j'étais encore perturbée par ce qui venait de m'arriver et j'ai effectivement couché avec lui deux ou trois semaines plus tard. Je regrette ce mensonge qui a dû gâcher ta vie. Pour lui qui n'a rien fait pour me défendre après mon renvoi et oh ! Amandine, une dernière fois pardon et je t'aime ma fille, je t'aime…

Un long silence s'installe

— Maman, maman ? parle moi, tu as encore des choses à m'apprendre. Non, ce n'est pas vrai, ne pars comme cela, dis moi encore.

Mais elle n'obtiendra plus de réponse. Elle doit se rendre à l'évidence, Sydonie Duval, sa mère vient d'entamer son dernier voyage. Elle n'a pas eu le temps de lui dire qu'elle aussi, tout compte fait elle l'aime, elle s'en rend compte maintenant. Elle se lève, lève les yeux au ciel :

— Moi aussi maman, je t'aime malgré tout. Je t'aime.

Elle est désemparée, complètement groggy, anéantie. Elle qui pensait vivre ce moment là comme une simple formalité, se trouve dans l'incapacité de réagir. Alors, elle se laisse aller, se penche vers le lit appuie sa tête sur la défunte et se laisse aller. Pour la première fois depuis très longtemps, elle laisse l'émotion l'envahir et se sont des trombes de larmes qui vont s'écouler, tous ses souvenirs qui vont venir se bousculer. Parmi eux, le plus récent celui de la mort de Jonathan qui n'aurait jamais dû avoir lieu.

— Excusez-moi mademoiselle

Elle n'avait rien entendu, et cette interpellation la surprend. L'autre reprend :

— Désolée de vous avoir fait peur, je suis l'aide soignante qui vous a accueillie plus tôt. J'avais pour consigne de vous rejoindre dès que j'aurai la pleine certitude que tout était fini. Votre dernier cri d'amour suivi de ce silence m'ont confirmé le départ de votre maman. Je vous présente mes condoléances.

Amandine va se plier aux dernières volontés de sa mère. Comme celle-ci l'avait dit, tout était prêt et trois jours plus tard, elle pouvait reprendre le chemin du retour, sans même jeter un coup d'œil dans le rétroviseur. Ses soucis, sont maintenant ailleurs.

L'appel téléphonique attendu avise Louis du retour d'Amandine et du besoin ressenti qu'elle a de lui parler immédiatement. Elle raccroche aussitôt. Cet entretien, aussi court soit-il ne manque pas de l'inquiéter. Le ton grave, saccadé, le débit verbal ainsi que la fébrilité qu'il a deviné lui dicte la nécessité qu'il y a de la rejoindre au plus vite, avant qu'elle aussi ne commette l'irréparable.

Il en est là, dans ces pensées quand il pénètre dans la maison. Dans un premier temps, le silence qu'il perçoit l'angoisse, il interpelle sa sœur qui daigne lui répondre. Le soulagement est grand et il se précipite vers elle, là-haut, dans sa chambre. Il la voit en train de remplir sa valise.

– Salut petite sœur, tu pars en voyage ?
– Tu ne m'appelles plus jamais petite sœur, c'est compris ? Oui je pars. Il y a un problème ?
– Non, pas un mais plusieurs problèmes. Tout d'abord, tu vas te calmer, tout me raconter, on analyse et on prend toutes les dispositions qui s'imposent. Mais déjà, sache que je suis désolé pour le drame qui te frappe et je te présente toutes mes condoléances. Ceci étant dit, je t'écoute. Va à l'essentiel. Je veux bien t'aider, mais pour cela, je dois savoir, tout et tout de suite.
– Quand tu vas savoir, effectivement tu pourras m'aider à finir mes bagages et me les descendre.
– C'est tout ?

- Ce que je vais te dire va remettre en cause toute notre relation. J'en suis navrée, Louis, ici je me sentais bien. Mais cela c'était avant, maintenant, je dois partir.
- Tu vas arrêter oui ou non, tu as des choses très importantes à me dire, je veux bien le croire, mais tu hésites a me les dire. Je m'attends au pire, alors, vas-y, explique moi.
- Je vais donc, puisque tu le souhaites être concise. Sur son lit de mort, ma mère m'a avouée avoir travesti la vérité, mon vrai père est bien ce Julien Delzieux que je n'ai jamais vu. Ton père et ma mère ont bien eu une liaison quelque temps avant qu'elle ne tombe enceinte, mais tout le dossier qu'elle m'a remis avant de décéder accrédite la version Delzieux, sans qu'aucun doute ne soit possible. Les dates parlent d'elles-mêmes. Cela rend ma situation ici intenable, ici comme au sein de Thévonin Industries. En revenant, tout à l'heure j'ai tout compris. Je quitte Thévonin Industries, je te restitue la propriété qui ne me revient plus, ainsi que le numéraire. Je regagne mon appartement, je me réorganise, je vais certainement quitter la région, on ne se reverra sans doute jamais, et nous passerons l'un comme l'autre au chapitre suivant de nos vies.
- Tu as fini, tu as dit tout ce que tu avais sur le cœur. Je peux parler sans avoir à subir d'interruption ? Tu disais tout à l'heure que ce que tu savais maintenant allait remettre en cause notre relation. Ce que je viens d'entendre va effectivement dans ce sens. Nous verrons bien après. Mais écoute-moi bien attentivement et jusqu'au bout. Tu viens de me livrer tes états d'âme, je vais te livrer les miens. Tout

d'abord, tu me fais part de ton intention de quitter l'entreprise. Je ne vais pas t'apprendre qu'il y va de ma discrétion et de celui du conseil d'administration d'accepter ou non ta démission et même en cas d'acceptation, celle-ci ne peut avoir lieu du jour au lendemain. Nous sommes bien d'accord, d'autant qu'un autre point, que j'expliquerai tout à l'heure, s'oppose à ton départ. Ensuite, j'aborderai le point de vue personnel, celui qui consiste à rendre aux Thévonin tout ce qui leur appartient. Amandine, tu n'as rien volé aux Thévonin, tu ne leur a rien extorqué. Papa t'a fait ce legs, personne de chez nous ne l'a contesté. Tu n'as rien à restituer. Sommes-nous d'accord ?

– Non, mais que veux-tu que je fasse de tous ces biens une fois que je serai partie ?

– Je n'ai pas fini, Amandine, le plus important arrive maintenant. J'avais une quinzaine d'années quand tu es entrée chez nous, je veux dire l'entreprise et le simple fait, pour l'adolescent que j'étais d'entrevoir dans l'encoignure d'une porte ta silhouette, a provoqué chez moi, une sensation qu'il n'avait jamais connue jusqu'alors. Cette vision ne l'a jamais quittée. L'adolescent a grandi, passé de plus en plus de temps dans l'entreprise, appris à te connaître au fur et à mesure de l'importance que tu prenais dans l'organigramme de la société. Un beau jour, tu deviens ma belle-mère et je découvre une autre facette de ton personnage, puis tu deviens ma sœur, je devrais dire ma demi-sœur et j'en apprends encore plus sur toi. Aujourd'hui, nous repartons à la case départ, avec cependant la connaissance en plus que nous avons l'un de l'autre. L'adolescent qui est devenu l'homme que tu as devant toi peut t'avouer tout l'amour qu'il te porte. Entendons bien, je parle d'amour charnel, celui qui m'a fait détester mon père dans la phase ''belle-mère''. Amandine, je ne pensais pas que ce moment viendrait. Amandine, je t'aime.

— Tu es sérieux Louis ?

— On ne peut plus

— Tu te souviens puisque tu viens d'en parler que j'ai couché avec ton père, et que j'en ai éprouvé beaucoup de plaisir.

— A moi de te prouver que je peux faire au moins aussi bien.

— Une autre chose, je suis plus âgée que toi, tu le sais.

— Très exactement, Amandine, quatre ans, cinq mois trois semaines et trois jours. Tu m'excuseras si je ne suis pas allé plus loin dans mes calculs, je parle des heures, minutes et secondes.

— Ne prend pas cela pour un accord, mais je ne sais plus quoi dire. Louis, je ne sais pas si

— Si c'est raisonnable ? Ni toi ni moi n'en savons rien. Alors, viens, rejoins moi.

Ce disant, il lui prend la main, attend quelques secondes qui paraissent interminables, l'amène gentiment à lui sans qu'elle n'oppose aucune résistance. Il la serre dans ses bras, elle desserre les lèvres, il s'en empare, sans rencontrer d'opposition. Cette séance de préliminaires les mènera vers la chambre qui sera témoin de l'explosion de leur amour. Ils en ressortiront main dans la main, elle surprise de découvrir tout l'amour qu'elle pouvait inspirer, lui enfin délivré du secret qu'il avait enfoui au très fonds de lui. Il lui avait tout donné, elle avait tout pris.

- Amandine, ma chérie, il se fait tard, tu finis ta valise, tu partiras demain.
- Ou plus tard.
- Alors, on a tout le temps pour
- Chut.

Cette nuit là, cette maison silencieuse d'habitude, va l'être beaucoup moins.

Il va se passer plusieurs mois avant que ces deux là prennent la décision qui s'impose. Entre deux séances, ils admettent la nécessité de rencontrer les grands-parents et leur avouer toute la vérité, et aucun site plus idéal que le restaurant du golf ne leur vient à l'esprit. Louis a une idée sur l'organisation de la soirée, mais il en gardera le secret. Amandine de son côté aimerait bien comprendre ce qui lui arrive. Il y a quelques temps, elle se préparait à quitter le domaine des Thévonin pour ouvrir un nouveau chapitre de sa vie, et maintenant, elle se trouve lancée dans une histoire d'amour qu'elle a du mal à comprendre. Cet homme qui la comble est celui-là même qui fut tour à tour son beau-fils puis son demi-frère avant de redevenir un étranger puis son amant. Cette histoire lui donne le tournis. A-t-elle seulement envie d'y donner une suite ? Honnêtement, elle est incapable de se prononcer. Elle décide de laisser le temps au temps et de voir venir. Pour le moment, Louis lui réclame un peu d'attention, alors pourquoi ne pas lui en donner. Il sera toujours temps après pour reparler de tout cela.

Trois jours viennent de s'écouler lorsqu'ils sont en route pour ce restaurant. Pour Amandine, tout est simple, Louis va leur annoncer qu'elle n'est pas leur petite-fille, parlera sans doute du mensonge de sa mère, des conséquences induites et on passera au repas. Il ne leur parlera surement pas de leur liaison.

Autour de la table, les deux arrivants qui évitent de se tenir par la main, retrouvent les quatre grands-parents heureux de se retrouver. Amandine ne tarde pas à découvrir ces trois couverts dressés en plus de ces trois chaises inoccupées. Elle s'en ouvre à Louis qui lui demande de patienter. Ils prennent place. Louis commence par le plus désagréable, ce mensonge de Sydonie, cause de beaucoup de tourments. Contrairement à ce qu'il redoutait, cette révélation ne cause pas beaucoup d'émoi, juste une prise en compte. Sans plus. Seul Antoine se permet d'interroger son petit-fils sur la nécessité d'avoir invité Amandine. Louis ignore la question.

– Je sais que l'annonce que je viens de vous faire peut vous interroger, d'ailleurs papy Antoine vient de le faire. Je ne vais pas faire de présentation. A ma gauche, maman est installée, à sa gauche, papa et sa gauche à lui Sydonie. Papa et maman, vous comprenez, mais Sydonie, celle par qui le mal est arrivé, pourquoi vous imposer sa présence. Simplement parce que sans elle nous ne serions pas là ce soir. Je vais en terminer avec le bavardage et passer aux actes.

La salle est animée ce soir, elle est un peu bruyante, il se lève et interpelle l'assemblée.

– S'il vous plaît, mesdames, messieurs, pourrais-je demander un peu de calme.

Les têtes se tournent vers le jeune insolent qui ose interrompre ainsi leur dîner. Apercevant le jeune Thévonin, debout, ils obtempèrent. Le jeune homme s'approche de sa voisine, met un genou au sol, à la manière américaine, prend la main de sa dulcinée et s'exclame :

– Amandine Delzieux, veux-tu bien devenir ma femme ?

Il reste là, genou à terre, la salle entière retenant son souffle. La jeune femme elle est abasourdie. Il y a plusieurs mois de cela un Thévonin, le père, lui refusait ce mariage qu'un autre Thévonin, le fils, lui demande maintenant. Pas plus de trois secondes ne viennent de s'écouler depuis la demande. Elle ouvre la bouche, comme pour chercher de l'air et puis

– Oui, je le veux.

De la salle monte une salve d'applaudissements et une clameur avant que reprennent les occupations de chacun. Mais à la table des Thévonin, tout continue.

– Amandine, donne-moi ta main, s'il te plaît. Cet anneau que je glisse à ton doigt, en gage de notre engagement est celui que papa a offert à maman le jour de ses propres fiançailles. Maman me l'a légué avant de mourir pour que j'en fasse ce à quoi il vient de servir. Maman, je sais que tu es là alors, merci, je t'aime. Garçon, je vous prie, champagne pour toutes les tables. Merci

Nouveaux remerciements et applaudissements suivent le baiser échangé par les nouveaux promis. Amandine regarde, ou plutôt contemple ce bijou qu'elle arbore et se demande si elle en est bien digne. Louis, qui devine les pensées de la jeune femme lui susurre à l'oreille :

– Il te va très bien, maman est fière que tu en sois l'heureuse destinataire et moi, je te suis reconnaissant que tu m'ais fait l'honneur de l'accepter.

Elle veut répondre, mais il lui fait signe de se taire et lui appose un petit bisou sur les lèvres. Ces deux là vont vivre une longue histoire d'amour, ponctuée d'abord par un mariage quelques mois plus tard et la naissance d'un petit Gilbert deux ans après. Associés également dans la vie professionnelle, ils vont catapulter leur entreprise au sommet de la hiérarchie du domaine dans lequel elle évolue, lui se réservant le domaine national, et elle supervisant le domaine international. Elle voyagera le moins possible, privilégiant la vidéoconférence mise ne place quelques années plus tôt.

Le petit Gilbert va donc grandir dans cette atmosphère familiale stable et acquérir peu à peu tous les mécanismes fonctionnels d'abord et décisionnels ensuite. Agé de vingt ans, il ne fait plus de doute pour personne qu'il est maintenant armé pour prendre en main les destinées de l'entreprise dès que son père le décidera.

Il devra patienter encore cinq ans cependant, cinq ans qu'il mettra à profit pour rencontrer une certaine Julie Kromberg au charme de laquelle il ne tardera guère à succomber.

De ce mariage naîtront trois enfants, Gilbert, Jacques et Elodie.

Comme entendu, Gilbert s'est glissé sans aucune encombre dans le costume du Président Directeur Général de cette entreprise autrefois familiale et devenue depuis Société Anonyme, avec toutes les menaces et convoitises que cela peut susciter..

Louis ayant pris du recul Amandine effectue son dernier voyage d'affaire en Chine, ce voyage servira d'adieux à son équipe sur place. Pour ce faire, elle disposera d'un jet privé loué pour l'occasion. Son séjour dure quarante huit heures et avant de redécoller, elle passe un dernier appel pour assurer Louis de son retour dans les plus brefs délais. Un dernier bisou, elle raccroche. Louis ne reverra ni n'entendra plus jamais Amandine. Son avion disparaîtra sans laisser de trace, certainement en mer, mais rien ne réapparaîtra si ce n'est, quelques mois plus tard un résidu de carcasse de l'appareil et un attaché-case comportant tous ses papiers.

Louis ne s'en remettra jamais. Bien qu'il n'en laisse rien paraître, ce jour là, celui de la disparition de sa bien-aimée signe sa première mort. Il va se rapprocher de ses petits enfants et surtout d'Elodie qui ressemble comme deux gouttes d'eau à Amandine, emprunte les mêmes expressions qu'elle et se plaît à croire, en fait, que son épouse s'offre la possibilité de rester ainsi à ses côtés. Maigre consolation. Un sentiment de culpabilité l'habite aussi. Pourquoi, au dernier moment, ce subit incident de santé que rien ne laissait prévoir lui a-t-il interdit ce voyage ? Tout était prévu, et il a dû s'astreindre à y renoncer. Aujourd'hui, ils pourraient être ensemble, ils devraient y être. Pourquoi le destin lui a-t-il refusé cette dernière faveur ? Il s'en veut et il va devoir vivre avec cette question. Pourquoi et sans jamais trouver de réponse satisfaisante.

Les années vont passées, très longues pour lui, Gilbert pense de plus en plus à passer la main. Mais les enfants d'aujourd'hui ne sont plus les mêmes que ceux d'hier. Ils s'affirment, veulent vivre leur destin comme ils l'entendent. Jacques et Marc refusent d'entendre les supplications de leur famille, lui veut devenir avocat et l'autre journaliste et parcourir le monde pour couvrir les événements qui secouent la planète. L'un comme l'autre réussiront leur parcours. En désespoir de cause, il se retourne vers Elodie. Elle non plus ne se satisfait pas de cette proposition, elle qui se verrait bien évoluer vers le mannequinat, mais devant l'insistance paternelle et surtout l'assurance de savoir que son grand-père croit en elle et que, selon ses dires, ses hautes études commerciales d'une part et d'autre part, les atouts majeurs qu'elle détient entre les mains à savoir sa connaissance de l'entreprise, son nom et le fait d'être une femme, la première à se hisser à ce poste dans l' entreprise finira de la convaincre d'accepter le défi.

Mais le monde de l'entreprise tel que Louis l'a connu est révolu. Autant être une femme maintenant n'est plus un obstacle, ce n'est pas pour autant un long fleuve tranquille et Elodie va vite s'en rendre compte. Avec le soutien de son père et de son grand-père, elle arriverait à relever le défi, mais celui de son père lui manque. Non seulement il ne lui accorde pas sa confiance, mais il affiche même un réel scepticisme quant à ses possibilités de maintenir le navire à flot.

Elle s'en ouvre ce jour là à son grand-père qui ne lui paraît pas dans sa meilleure forme. Il lui confirme volontiers son diagnostic et lui annonce même sa fin toute prochaine.

- Non papy, tu ne peux pas partir, j'ai encore besoin de toi, tu sais, papa ne m'est d'aucun secours, reste encore un peu, s'il te plaît.
- Je le voudrais bien, ma grande, tu sais combien je t'aime, mais en ce moment même où je te parle, l'autre femme de ma vie est venue me chercher. Ta mamy Amandine est là, pour moi, je vais donc partir d'un moment à l'autre avec elle. J'ai le cœur brisé de te laisser là toute seule, mais tu sais, ton père n'est pas aussi fermé qu'il te semble. Je connais mon fils, il saura t'aider. Et puis, tu sais, il me tarde tant de

serrer ta grand-mère dans mes bras. Il y a si longtemps que j'attends ce moment.
– Papy, Papy ?
– Oui Vite un tout dernier bisou je, je, je t'ai...me.
– Papy, non ! papy, ne part pas sans ce bisou. Oh Papy, tu es parti, comment vais-je faire, moi ? Embrasse mamy Amandine pour moi, tu veux bien. ?

Elodie ne trouvera pas auprès de son père le soutien qu'elle espérait. Au fil des mois qui suivront, de mauvaises décisions en mauvaises appréciations de la situation, la société va rapidement perdre de sa productivité, sa marge de manœuvre va se rétrécir. Elle va faire du mieux qu'elle peut pour redresser la barre et retrouver la situation d'avant, mais le temps presse et le temps, elle n'en a pas. Elle sait ce qu'il faut faire, mais elle n'a plus les moyens d'action nécessaires entre les mains. Le conseil d'administration les lui ont retirés, elle est quasiment sous tutelle.

Ce soir là, verre après verre, elle vide une bouteille de Vodka. C'est son appel au secours, mais elle n'obtient aucune réponse. Elle est seule dans cette grande maison et personne n'est là pour lui dire que cette deuxième bouteille qu'elle ouvre est une monumentale erreur. Elle a encore trop de lucidité pour ne pas trouver cette boîte de somnifère, mais pas assez pour refuser cette facilité qu'elle s'offre.

Ce n'est que deux jours plus tard qu'on la retrouvera, allongée sur son lit, sans vie. Elodie, à vingt cinq ans, vient de rejoindre un monde que l'on dit meilleurs.

La situation de Thévonin Industries ne va pas s'arranger pour autant, bien au contraire. Ce sont d'abord les cadres supérieurs de l'entreprise qui s'organisent afin de trouver au plus vite l'homme providentiel. En plein désarroi, ils font appel non pas à un homme mais à une femme, Mathilde Gamboix, actuellement en poste en Chine pour prendre la direction de l'entreprise.

A son arrivée, elle se met au travail est reste muette de stupéfaction à l'étude des dossiers en cours, tous armés de bons sens. Comment ces gens là ont-ils pu abandonner leur patronne alors que la clé de la réussite était sous leurs yeux. Elle n'a pas de mots assez durs pour leur faire savoir tout le mépris que leurs agissements lui inspirent. Elle les incite à se remettre au travail au plus vite et espère que cela sera suffisant. Si tel n'était pas le cas, elle allait leur faire payer.

Ses craintes sont avérées. Le retard pris est mis à profit par la concurrence. Les marchés échappent à la société qui maintenant manque de fonds. Elle va vite solliciter le concours de Thévo-China qu'elle connaît bien pour tenter de combler le retard pris.

C'est finalement un fonds de pension venu de nulle part, alimenté par la filiale chinoise qui va finalement prendre la direction de l'entreprise française. Ce fonds de pension va s'attacher à faire de Thévonin-Industries une coquille vide, il va piller l'outillage qui partira en Chine, s'appropriera les brevets et repartira d'où il venu du jour au lendemain, laissant désemparés les employés désormais sans emploi.

C'est un certain Olivier Janssaume, un richissime descendant de la famille Docart qui se qualifie lui-même d'historien de la famille qui rachète les restes de l'usine et la propriété attenante pour en faire un complexe hôtelier. L'usine est détruite et laisse la place à un parcours de golf et trois cours de tennis. Le château est devenu un hôtel de luxe et s'appelle le Berenicia. Les réservations sont nombreuses, mais un souci gâche le plaisir du propriétaire. Dans le grand hall de réception, juste derrière le service d'accueil, sur le mur, est accroché un grand tableau représentant Bérénice et Jonathan. Malgré tous les efforts fournis, à la grande incompréhension de tous et à l'irritation du propriétaire, ce maudit tableau est toujours de travers. Redressé le matin, le soir, il est de travers, sans qu'aucune raison ne puisse l'expliquer.

Il trouve la solution. Lorsque le dernier étage sera terminé, il l'accrochera là-haut, et c'est pour bientôt. Cet étage se louera à prix d'or. Il disposera sur le toit, sous une coupole, de deux cours de tennis, un sauna et un superbe coin détente. Et il est fier ce soir là d'annoncer qu'il donnera à ce dernier étage le nom de ''les appartements de Jonathan''.

Nul ne peut dire pourquoi, depuis ce soir là, le tableau toujours accroché au même endroit, ne penchera plus et ne bougera plus jamais.